スパイ教室03
《忘我》のアネット

竹町

ファンタジア文庫

3000

口絵・本文イラスト　トマリ
銃器設定協力　アサウラ

SPY ROOM
the room is a specialized institution of mission impossible
code name bouga

CONTENTS

プロローグ　失踪

仲間が消えた――。

クラウスはその事実を冷静に受け止め、陽炎パレスの広間のソファに腰かける。普段から表情が乏しい彼ではあるが、今は一層表情が固く、足を組んだまま微動だにしない。瞳は閉じられて、まるで眠っているようにも見える。時折目を開けて、テーブルに置かれたラジオに視線を送り、再び瞳を閉じる。それを繰り返すだけだ。

ラジオからは、バイオリンの演奏が流れている。世界大戦中に戦況を国民に届けるために始まったラジオ放送は、戦後に娯楽番組を増やし、戦争被害のどん底から這い上がる人々の心に寄り添い続けた。それは歓迎すべきことだが、今となっては煩わしい。

何時間にも感じられた音楽番組が終わり、ようやく朝のニュース番組が流れ始める。しかし、経済情勢を垂れ流すばかりで、有益な情報はなかった。

「少なくとも、大きな事故はないな」

クラウスはそう判断する。

広間には、他に四人の少女がいた。

彼女たちもテーブルを囲み、落ち着かない様子でラジオを見つめている。

――スパイチーム『灯』。

ディン共和国の諜報機関――対外情報室の下、新たに作られた組織である。クラウスと八人の少女で編成され、主に不可能任務と呼ばれる超難易度の任務をこなす。つい二週間前も『屍』と名付けられた敵国のスパイを捕縛し、暗殺を未然に防いだ。

しかし、その後始末を済ませた後、四人の少女が姿を消した。

昨日の夜には帰着する予定だったが、朝を迎えても戻らない。

遅れを申し出る電話もない。

行方不明。そう言い表すしかない。

「帰宅日の勘違いなら良いんですけどね」

そう希望的な発言をしたのは、銀髪の少女――リリィ。愛らしい外見と豊満なバストが特徴的な少女だった。

クラウスは首を横に振った。

「消えた仲間が、お前ならそう考えるだろうが……」

「ひどいっ」

「だが、メンバーがメンバーだ。そんなヘマは考えられない。電話さえできない状況にいると考えるべきだろう」

クラウスは前回の任務にあたって、チームを二つに分けた。

暗殺者『屍』に対抗できる能力が優れた四人、そして、クラウス不在でも乗り越えられる協調性が優れた四人。

失踪したのは前者だ。四人全員が連絡ミスは考えにくい。

「……トラブル、あるいは、事故と考えるのが妥当でしょうね」

赤髪の少女――グレーテが紅茶を淹れつつ、所感を述べる。四肢が細く、ガラス細工のような儚げな印象を纏う少女だった。

「……教えてください。この一月間、ボスたちはどう過ごされたのですか？」

その発言に、他の少女も頷いた。凛然とした白髪の少女――ジビアはクラウスを睨みつけ、気弱な茶髪の少女――サラも不安げな瞳を向けている。

「そうですよ、ずっと気になってました！」

リリィが身を乗り出した。

「どうして、わたしの部屋が爆破されているんですかっ？」

「…………………………………………………………」

クラウスは紅茶を受け取って、口に含んだ。

「グレーテ、やはりお前の紅茶は美味し――」

「話題を変えないでくださいっ！」

「手違いがあった」

「手違いで、人の部屋が吹き飛びますかいっ！」

リリィの怒号を聞きながら、クラウスは思い出していた。

現在、リリィの部屋は外壁が壊れ、雨ざらしになっている。ベッドは半壊し、彼女の私物は庭に吹き飛ばされ、半焼した衣類が積まれている。

昨晩帰って、この惨状を目の当たりにしたリリィは腰を抜かしたという。

クラウスは語ることにした。

この一か月、リリィたちがいない『灯』で何が行われたのかを――。

ついでに、リリィの部屋がなぜ吹き飛んだのかを――。

1章　魅了

「じゃあ、サラのペットたちは後で業者に運ばせるわね」

黒髪の少女――『夢語』のティアについて。

美しい外見の持ち主だ。艶やかに伸びた黒髪に、凹凸に富んだプロポーション、煽情的な色香を漂わせる目元や唇。十八歳とは思えない大人びた容姿である。

『屍』任務の選抜にはグレーテ、ジビア、サラ、リリィが指名され、選ばれなかったティアは率先してサポートへ回った。

「武器も後日届くよう手配しておく。架空の会社名義でね。あ、そうだ。ジビアの怪我が悪化した時のために、救急箱も入れておくわ」

選ばれた仲間のために献身的に動く。

彼女は手際よく準備を進めた。

よく仲間内で「実質、ティアがリーダーじゃないか？」という話題があがる。

クラウスが突然に設けた役職「リーダー」であるが、なぜか彼はリリィを指名した。「ボ

スがいる組織にリーダーってなんだよ」というツッコミを筆頭に、多くの疑問はあったが、最終的に「リリィのやる気を上げるために便宜上作っただけでは？」という認識で落ち着いた。

誰もリリィをリーダーとして見ていなかった。『ふふん、リーダーって良い響きです』と感動する本人を除いて。

代わりに、少女たちをまとめていたのがティアだった。

要因は、面倒見のいい性格だけでない。少女の中でも一、二を争う美しさ、それを際立たせる澄んだ声、仲間と積極的に関わり合う人柄の良さ。年齢もグレーテと並んで最年長。それらが重なり、彼女が実質的なリーダー役を担っていた。

「じゃあ、健闘を祈るわ。必ず生きて戻ってきて」

ティアは出発直前までサポートに徹すると、旅発つ少女たちを見送る。

「グレーテ、無茶だけはしないでね。先生とうまく連携して」

「はい、見送りありがとうございます……」

同じ情報班であるグレーテには、念入りに声をかける。

そして、去り際気まずそうにしているリリィを見た。

「あら？　どうしたの、リリィ。少し元気がないわね」

「あ、いえいえ、ちょっと」

リリィが慌てた様子で手を振り、小声で言った。

「心配だったんですよ。選抜で、メンバー同士がギクシャクしないかって。でも、ティアちゃんの声が明るいので、意外に思っていたというか……」

「あら、アナタらしくないわ。いつもみたいに、もっとバカっぽくていいのに」

「言い方っ！」

「大丈夫よ。先生に選ばれたことを自信に持ちなさい。私は悔しさを感じてないわ。アナタたちの努力を認めてくれたことを嬉しく思ってるくらいよ」

ティアの励ましに、安堵したらしい。

リリィはぱっと花開いたように表情を明るくして、

「分かりました！　選ばれた天才リリィちゃんが大活躍してやりますよっ」

と宣言し、玄関を飛び出した。

リリィを追いかけるように、他の少女もまたティアに手を振り、外に向かう。

最後までティアは笑顔を絶やさなかった。

余裕を感じさせ、悔しさをにじませない表情で仲間を見送ると、

「………行ったわね」

と呟く。扉を少し開け、既にリリィたちが見えないことを確かめる。

広間に移動する。

ソファの横に立つ。大きく息を吸う。

それから、ふっと力が抜けたようにソファに倒れ込むと、

「くっやしいいいいわああああああああああああああっ！」

と大声で喚いた。

「もうお終いよっ！　あんまりだわ！　何も信じられないっ！　ずっと頑張ってきた私が外されるなんて！　絶対に選ばれると確信していたのにっ！　悔しい！　悔しいいいっ！　悔しいいいいいいいいいいっ！」

手足をばたばた動かして、ソファを殴り続ける。

「私の何がいけないのよ！　しっかり課題にも取り組んできたじゃないっ！」

みっともなく暴れ続ける。

メンバー発表時からずっと彼女は我慢してきたが、もう限界だった。

余裕は演技だ。舌を噛み、拳をぐっと握り込み、駄々をこねたい衝動を堪えてきた。

選抜には、ちっとも納得いかない。なぜ自分が選ばれていないのか。なぜ怪我を負うジビアが選出されているのか。なぜポンコツ溢(あふ)れるリリィが選ばれたのか。

疑問は多々あるが、明らかとなったのは、

「先生は私の実力を認めていないのねっ！」

という事実であり、それから脳裏によぎったのは、

「つまり、私が『灯(ともしび)』に選ばれたのは身体(からだ)目当てだったのねっ！」

という可能性。

名推理だと思った。

「全(すべ)て分かったわっ！　先生が八人も行き場のない少女を囲った理由はそういうことねっ！　男が多数の少女と同居なんて、官能小説みたいなシチュだと思ってたわ！　卑猥(ひわい)よ！　色情魔(しきじょうま)っ！　もう少し優しく誘導(ゆうどう)してくれれば、私だって決してやぶさかでは——」

「うるさい」

喚いていると、クラウスが突如(とつじょ)現れた。間髪(かんはつ)を容れずソファを傾(かたむ)けてくる。

ティアは床(ゆか)に転がり、目を丸くする。

「えっ、先生……どこから聞いていたの？」

「屋敷(やしき)中に響く声量で、どこからも何もないだろう」

クラウスは心底呆れた顔をしている。

羞恥の感情に襲われるティアに彼は告げてきた。

「早く平静を取り戻せ。お前には、大事な役目がある」

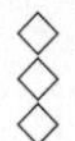

世界は痛みに満ちている——。

世界大戦と呼ばれる歴史最大の戦争が終結して、十年。惨状を目の当たりにした政治家は、軍事力ではなくスパイにより他国を制圧するよう政策の舵を取っていた。

国々は諜報機関に力を入れ、スパイによる影の戦争を繰り広げる。

『灯』は、ディン共和国を代表するスパイチームだ。

他の同胞が達成できなかった任務——不可能任務を専門とする機関であり、『屍』と名付けられた暗殺者の殺害を依頼されていた。クラウスが熟慮の末、四人を選抜。グレーテ、リリィ、ジビア、サラをある大物政治家の屋敷に送り込んだ。

しかし、彼いわく、これはフェイクらしい。

「明かしておくと、『屍』と闘うのはお前たち四人だ」

　現在、ティアは残った三人の少女と共に、広間で耳を傾けていた。

　クラウスが全ての事情を明かす。

　グレーテたちが向かったのは、『屍』の協力者の摘発である。ある大物政治家の元に向かい、暗殺を支援する協力者を暴く。クラウスがそばにいると敵に錯覚させるため、クラウス不在の事実をリリィたちにも明かさなかった。

「『屍』を闘うため、僕が連れて行くのはお前たちだ」

「……そういうことね。ようやく腑に落ちたわ」

　ティアは胸を撫で下ろした。

　どうやら見捨てられた訳ではないらしい。不可思議だった点も全て納得がいった。

「説明を受けると納得だわ。さすが、先生ね。良いアイデアよ」

「先ほどは大分取り乱していたようだがな」

「それは忘れて……」

「『屍』は残忍な暗殺者だ。常に冷静を保て」

　クラウスが鋭い眼差しを向けた。

「何よりも厄介なのは、『屍』は平気で一般人も殺すことだ。一人暗殺するために無関係の十人を殺すことも厭わない。誰も殺させずに捕らえる——それが絶対条件だ」

政治家やスパイ――『屍』は帝国に仇なす者を葬り続けているという。

「厳しい条件であるには違いない。だから、僕から試験を出す」

「試験？」

「あぁ。夕刻までに達成しない限り、僕はお前たちを連れて行けない」

ティアは息を呑んだ。

彼の言葉は真実だろう。クラウスは既に何度も一人で任務を成し遂げている。リスクを背負う覚悟で、単独で『屍』に挑む気だ。

クラウスは手のひらをかざした。

「――僕の手に触れろ。それが試験だ」

日頃の課題――クラウスに『降参』と言わせるよりは難易度が低い。

だが、容易ではないだろう。制限時間は半日を切っているし、今いる仲間は四人。

かなり厳しいのではないか、と焦りを抱くが――。

「お前たちなら達成できると僕は信じている。そう選別した、最強のメンバーだ」

「……っ」

実直な声で告げられ、ティアは身の内から湧き起こる熱を感じ取った。

（そうよ……私は勝ち取った。選ばれなかった仲間には悪いけど、私は認められたのよ）

拳を握り込む。

一人で任務に挑み続けていたクラウスが、ようやく頼ってくれた。それだけでも光栄だが、四人に選出してくれた。彼ほどの実力者に認められ、嬉しくないはずがない。

やってみせる。

試験を達成し、『屍』に打ち勝ってみせよう。

「任せて。さっきは情けない姿を見せたけど、あれで最後よ。信頼に応えてみせるわ」

「――極上だ」

満足げに頷くクラウスを確認して、ティアは髪を大きく手で撫で上げた。

高まる胸の鼓動と共に仲間たちに発破をかけるため、振り返る。

「さぁ、みんな！　作戦会議を始めましょう！　私たちなら絶対に――」

声を止める。

「……あれ？」

ティアは首をひねる。

仲間の姿がなかった。さっきまでソファに座っていた三人の少女が消えている。

「………………」

言葉を失った。

まさか部屋に戻ったのか？　話し合いが済んでないのに？　試験はどうするのか？

「一つ明かしておこう」

クラウスが淡々と告げた。

「選抜した四人は技術こそ優れている。ただお前以外の三名は著しく連携が苦手だ」

「え……」

「モニカ、エルナ、アネットは協調性に欠けて、養成機関で躓いた連中だ」

淡々と事実を説明される。

よく考えてみれば、『灯』の中で連携が得意なメンツが一人も残っていない。

「だが、『屍』に立ち向かう上で、メンバーの結束は不可欠だ」

「そうだけど、まさか……」

ティアが嫌な予感を抱いていると、クラウスが逃げるように歩き出した。広間の扉に手をかけながら、最後に言い残す。

「お前がうまくまとめろ」

「重要な役目ってこれのことっ？」

更なる難題の追加に、ティアは悲鳴をあげた。

ティアは頭を抱えながら、廊下を歩いていた。

（……そういえば、私がリーダーシップを発揮する時は、いつも仲間が全員いたのよね）

リーダーの役目を担っている自覚はあった。

最年長として、幼さが残る仲間を支えようと意識している。

リリィがリーダーに選ばれた事実に思う部分がない訳ではないが、本人が無邪気に喜んでいるので、尊重し、陰でチームを支えた。それが大人の対応だろう。仲間から尊敬されていない彼女の代わりに、自身がチームを導いた。

指揮を執ることに不満はない。しかし、現在大きな悩みのタネがある。

（盛り上げてくれるリリィやジビアがいない……）

実力に不安を残す彼女たちだが、チームの雰囲気作りの貢献は絶大だ。リリィが場を和ませるようボケて、ジビアが勢いよくツッコミを入れるのが定番パターン。そこにサラの可愛げのあるリアクションが加わると、更に場がまとまる。

彼女たちがいなくなり、初めてそのありがたみを知る。

しかも、まともに対話ができるグレーテも不在とあっては、チームは半壊状態に近い。

（しかも、残ったメンバーは全員一癖も二癖もあるのよね……）

ティアは眉間を顰め、廊下を進んだ。

(ここは、会話の難易度が低い順にいきましょう)

一人目の人物はなぜか自分の部屋にいなかった。外出した様子はないが、姿が見当たらない。しばらく歩き回ると、なぜかリリィの部屋から物音が聞こえてきた。

ティアが扉を開けると、彼女はリリィのベッドに寝転がっていた。

「んー、ボクに何か用?」

蒼銀髪の少女――モニカ。コードネーム『氷刃』。

中肉中背で、特徴がうまく言い表せない少女だ。全体的に整っており、個性が摑めない。自然に左右非対称の髪型に注目するが、これも言葉ではパッと説明できない。

どこにでもいそうなのに、どこにもいない。そんな超然とした雰囲気を持つ少女だ。

彼女は寝た態勢のままで、顔だけティアに向けてくる。

「何か用って」ティアは手を腰に当てた。「アナタこそリリィの部屋で何しているのよ」

「調べ事」

「なによ、それ?」

モニカの手には、手帳と鉛筆があった。寝ながら書き物をしている。

「屋敷に人が少ないうちに、改めて調べておこうと思ってね」

「陽炎パレスを？」

「ま、気まぐれだよ。キミは何の用？」

それ以上は明かさない、と言いたげに話題を変えられる。

「決まっているじゃない、話し合いよ。試験をどう達成する？」

「えー、それ話し合う必要なくない？」

「……アナタ、試験に臨む気がないの？」

「あるけど、キミたちと協力しても、達成できそうにないからね」

「っ！　勝手に決めつけるのはどうなのよ」

これだ。

モニカの性格――神をも恐れぬ不遜さだ。

彼女は常に仲間を見下している。謙遜も知らず、口も悪い。見合う実力はあるが、それが一層周囲を苛立たせる。十六歳という年下の事実も、十八歳のティアには複雑だ。

「威張ってもカッコ悪いだけよ？」ティアが声を高くした。「いくら偉そうにしても、『灯』にいるってことは、アナタも養成学校の落ちこぼれだったんでしょ？」

「前に言わなかった？　ボクは試験で手を抜いていただけ」

「あら、連携が苦手だったという情報を小耳に挟んだんだけど？」

「違うね。周りがボクについてこれなかったの」

「ふふっ、言い訳かしら？」

「…………」

モニカが押し黙った。

挑発が効いたのだろうか。そう期待したが、モニカの表情はクールだった。

すっと手を差しだしてくる。

「コインを貸して」モニカが言った。「弾くから、何が出るか当ててみな」

「……正解したら、協力してもらうわよ？」

「外したら出てけ」

ティアが硬貨を投げ渡すと、モニカが寝たままの体勢でコインを指で弾いた。小気味よい音が響いて、コインは空中で勢いよく回転する。

それが頂上に達した時、ティアは、

「表よ」

と告げた。

かくしてコインは落下した——床の隙間に挟まり、直立して。

「——っ！」

「出て行ってくれる？　ボクは自由にやる」

煩わしそうにモニカが手を振った。狙ってやった神業らしい。驚いた素振りもない。

彼女は既に書き物に戻って、ティアへの関心をすっかりなくしていた。


モニカとの話し合いが失敗したので、二人目を訪ねる。

彼女の場合、モニカと違い性格に問題はない。だが、主に対人能力に問題が残る。

ティアが再び広間に戻ると、その少女はソファの陰に隠れていた。ソファの背もたれから頭頂部が覗いている。金髪の一部だけが見えているシュールな光景だった。

「エルナ、ちょっとお話ししましょう」

威嚇しないよう、優しい声を出して近づく。

サッと金髪が動き、別のソファに回り込む。草むらに潜むウサギみたいだ。

「エールナ♪」

再チャレンジ。

しかし、金髪は機敏な動きで逃げる。素晴らしい反射神経だ。ティアが一歩近づくと、それより早く別のソファに移っている。何度飛びついても、目的の人物を捉えられない。

諦めず追いかけ回していると、金髪の方から、

「のっ！」

頓狂な声が聞こえてきた。

靴がすっぽ抜けたらしい。空中に舞う革靴は、靴紐が切れていた。なんと運の悪さか。目的の人物は絨毯に倒れて、うつ伏せになっている。

「不幸……」

最終的に革靴はコツンと彼女の頭に落下して、彼女は哀し気に呟いた。

金髪の少女――エルナだ。コードネームは『愚人』。

ようやく姿を確認できた。十四歳とは思えないほど、幼い外見をしている。明るい金髪と透き通るような白い肌のせいで、人形めいた美しさを持つ少女だ。

そして、かなりの人見知りである。

靴を履き直すと、再びソファの陰に隠れてしまった。

「あの、また逃げられると私も傷つくんだけど」

「……ごめんなさい」

ソファの向こうから声が聞こえてきた。

「でも、エルナは目線を合わさない方が落ち着くの」

「うーん。けど、アナタ、普段はもう少し口数多くない？」

「うっ……その言葉はコミュニケーション苦手人に効くの」

「苦手人？」

「い、色んなタイプがいるの……エルナの場合は、親しい人の前だとおしゃべりになるし、大勢がいる場だと発言できるし、行きずりの人とも勇気を出せば挨拶できるの」

「全然、苦手じゃない気がするけど……」

「でもっ！　まだ親しくない仲間との一対一の会話は恐怖なのっ！」

「基準が難しいんだけどっ？」

「そして『普段はもっと話せるよね？』と指摘されるのが一番恥ずかしいのっ！」

ソファの上から見える金髪がぶるぶると震えている。

とにかくコミュニケーション苦手人には、独自の性質があるようだ。

エルナは不幸体質――正確には自罰体質（？）らしい――のせいで、人と交流する能力が育たずに生きてきた。これは仕方がないのかもしれない。

「……エルナが上手に会話できるのは、せんせい、それから、サラお姉ちゃんだけなの」

彼女の説明を聞き、ティアは首を横に振った。サラは不在だ。

ここは自分が会話を導くしかない。

「なら、簡単な会話から始めない？」

「が、がんばるの」

　ようやく譲歩を見せてくれた。

　そうだ、彼女は対人能力こそ不安はあれど、性格は友好的なのだ。

「例えばそうね……エルナは先生と何を話すの？」

「……些細なことなの」ぽつりぽつりと声が聞こえてくる。「大抵、天気の話なの」

「いいわね。それで会話が弾むのは、二人の相性がいい証拠よ」

　——もしくは、二人とも会話のレパートリーがない。

　後者の予感もするが、ここは伏せておく。

「エルナは先生のことが好き？」

「……恋愛は、よく分からないの。サラお姉ちゃんに相談しても答えがでないの」

「へぇ、サラとそんな話もするのね」

「サラお姉ちゃんは、とても優しいの。しっかりエルナに付き合ってくれるの」

　絶大な信頼を置いているようだ。

　アクの強い人間が多い『灯』で、サラと共にいて落ち着くのは理解できる。

　なるほど、人間関係を把握した。彼女たちは特殊班というグループにいるが、サラがま

とめ役なのだろう。もう一人の手が付けられない少女もサラが上手に接しているようだ。

後回しにした三人目を攻略するためにも、まずはエルナと向き合わなくては。
二、三個の雑談を挟み、相手の警戒が取れたところで本題を切り出した。
「ねぇ、エルナ。それで試験のことだけど――」

「すごいの……エルナ、もう五分も会話をしているの」

油断したのがいけなかった。

エルナはぼーっとした顔で、天井を眺めだした。声には疲労が滲んでいる。

「……疲れたから休むの」

「まだ五分しか話してないけどっ？」

めいっぱい主張するが、エルナは聞く耳をもたなかった。

俊敏な動作でパッと離れ、広間から消えていった。


まさかの二連続の拒絶。

ティアの足取りは重かった。

覚悟はしていたが、予想を遥かに上回る難易度だった。まさかメンバーでまだマシな二

人とも、話し合いができないなんて。

（結束するどころじゃ全然ないんだけど……）

『屍』を倒す以前の問題だ。足並みを揃える時点で失敗している。

（しかも、最後の一人は不安しかないわ）

――『灯』最大の問題児。

養成学校の劣等生で構成されたチームで一際異彩を放つ少女。

（いや、話しかける前から挫けちゃダメよ！　仲間なんだもん。きっと通じるわ）

連続の失敗を忘れるよう、自身に言い聞かせる。

（私ならできるわっ！　だって、あの先生に指名されたんだもの！）

ティアは頬を叩いて、最後の一人の寝室を目指した。

彼女の部屋は、陽炎パレスの隅にある。最初は中央付近だったが、騒音の苦情により引っ越しが命じられた。扉は全開。プライベートを維持する発想はないらしい。就寝中だろうと着替え中だろうと、彼女は部屋の扉を閉めない。

壁にノックをして、部屋に入る。

目的の人物は、部屋の中央で眠っていた。逆さ吊りの体勢で。

「…………っ」

油の匂いが鼻腔を刺激した。

広い個室には、大量の機械類が積まれている。ガラクタにしか見えないが、大事な機械なのだろう。エンジンや歯車、銅線、バネが複雑に絡み合って、大きな山を作っている。

よく注目すれば、機械の隙間からベッドらしき存在が見えた。

溢れる部品のせいでベッドが使えなくなり、彼女はハンモックを取り付けたらしい。身体半分墜落して、結果、部屋の中央で逆さ吊りとなったようだ。

「ほら、アネット。起きなさい。あんまりお昼寝すると、夜眠れなくなるわよ？」

帰りたくなる衝動を堪え、ティアは彼女の肩を揺さぶった。

逆さ吊りの少女は、かっと目を見開き、足に絡まるハンモックを振りほどいた。落下すると思った瞬間、くるりと身を捩り、床に綺麗に着地した。

「俺様、起きましたっ！」

灰桃髪の少女――アネット。

スパイでは考えられないほど、個性的な見た目をしている。伸びっぱなしの髪を二つに結んで、無理やりおさげを作っている。過去に怪我を負ったのか、眼帯をつけているのも特徴的だ。少なくとも、こんな分かりやすい見た目のスパイはありえない。

黙っている限りでは、とても愛らしい見た目なのだが――。

「ねぇ、アネット。とりあえず――」

「あっ、ティアの姉貴」

言葉を遮って、アネットはにこやかな笑みを見せた。

「今、姉貴が踏んでるの、俺様が作った爆弾です」

「何を無造作に置いているのよっ！」

「右から、ナイフ型スタンガン四号、万年筆型強力ガスバーナー、なんでもぶっ壊すバズーカ、スーパーパラシュート三号――」

「種類は聞いてないっ！」

ティアは慌てて床に散らばった機械類から離れた。全てアネットの発明品らしい。

地雷原を進むような気持ちで、床が見えている場所まで辿り着いた。

「あの、アネット。質問なんだけど、さっきはどうして部屋に帰っちゃったの？」

質問を投げかけると、彼女は床に転がる牛乳瓶を拾って、天井に掲げた。

「俺様、ホットミルクが飲みたくなりましたっ」

「あぁ、そう……」

もはや怒る気にもなれない。どこから説明すればいいのか。

「あのね、アネット。次から離れる時は、私に一声かけてね」

「今回も過酷な任務よ。大丈夫？」

「分かりましたっ」

「……アナタ、適当に返事してない？」

「してませんっ」

「ジャンプして」

「分かりましたっ」アネットがその場で跳ねた。

「一回転して」

「分かりましたっ」アネットはくるりと横に回った。

「脱いで」

「分かりましたっ」アネットは服を脱ぎ捨てようとして――ティアが引き留めた。

頭を抱える。

「どんな思考回路をしているのよ……」

アネットの特徴だ――純真無垢。自由奔放。思考が読み取れない。

疑問に思うべきことも素通りする。危険な任務と告げられても躊躇しない。不可解な命令でも迷わず実行する。かと思えば、時には理由なく拒否し、突然の奇行にはしる。本人

の有り余る好奇心で、奇妙な発明品を作り上げる。

クラウスいわく、彼女には養成学校に入る前の記憶がないという。『忘我』という直球すぎるコードネームの通り。書類上は十四歳だが、実際は不明。本人の記憶も出生時の記録もなく、保護された少女という。

思考不明にして出自不明――それがアネットという少女だった。

（でも、なんとかして対話の糸口を摑まないと……）

悩んでいると、アネットが不思議そうに首を傾げた。

「ティアの姉貴、どこか身体が悪いんですか？」

「ええ、少しだけね」

アネットは遠慮なく、ティアの頰をぺしぺしと叩いてきた。唐突な往復ビンタの後「俺様曰く、風邪ではありません」と診断を与えてくる。

口調と見た目、行動、全てがトリッキー。

けれど、自分の体調を気遣ってくれたらしい。仲間への愛情はあるようだ。

そこに一縷の望みを懸ける。

「ねぇ、アネット。先生から言われた試験に困ってるの。私を助けてくれない？」

「あっ、それなら俺様、さっきチャレンジしましたっ」

「えっ」

意外だ。

もはや試験さえ忘れていると思っていた。しっかり向き合っていたのか。

「教えて。アネットはどうやって試験にチャレンジしたの？」

「クラウスの兄貴に『手を触らせてください』とお願いしましたっ」

「え……」

「でも断られました」

当然だろう。

それがＯＫならば試験にならない。

「俺様、ふて寝しますっ！」

アネットは宣言すると、ぶら下がったハンモックに飛び乗った。身体半分がずり落ちて、また逆さ吊りの体勢となるが、心地よさそうに眠り始める。

「…………」

ティアの心が折れる音がした。

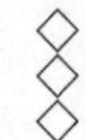

「無理よ……不可能よ、こんなメンバーをまとめるなんて……無茶苦茶よぅ……」

ティアは、ネズミが入れられたケージの前にしゃがみ込んでいた。

自身にはリーダーシップがあり、連携下手な仲間でもまとめられる——そんな幻想は木っ端みじんに砕けていた。自分が上手くやれたのは、ここにはいない仲間のおかげと思い知らされる。一人になった途端、誰とも会話できない惨状になるとは。

つらい。泣きそうだ。助けて。

「……全然協力してくれないわ……私だって頑張っているのに……」

「だからといって、僕のところに来るな」

素っ気なく答えるのは、ティアの隣でネズミを優しく抱えるクラウス。

陽炎パレスの外れにある動物小屋だった。

本来倉庫であったものだが、動物を扱う少女——サラにより改造されて、多くのペットが飼われている。本来は鷹や犬などが飼育されているが、彼らはサラが任務に連れて行った。現在は、小屋にいるのは五匹のネズミのみだ。

「昼過ぎまでに、このネズミを業者に預けないといけないんだ。悪いが、構う暇がない」

煩わしそうにクラウスが返事をした。

翌日には、メンバーは陽炎パレスを発たなければならない。世話する者がいなくなるので、サラのペットを預けなければならない。

――もちろん、ティアたちが試験を達成できた場合だが。

そのために、ボス自らがてきぱきと準備を進めている。ティアに見向きもしない。

「先ほどの取り乱しといい、お前はメンタルが脆い時があるな」

「……自覚はあるわよ」

精神が乱れるのは、今に始まった話ではない。クラウスとの訓練で敗北した時も、よく拗ねている。

「ねぇ、先生……」

ティアは甘い声を出した。

「優しく、慰めて？」

「断る」

まったくの拒絶。

ティアは恨めし気にクラウスを睨んだ。

「……落ち込む私を見て、そんな酷い言葉をかけた男性は初めてよ」

「今までの男性はどうした？」

「素晴らしい人ばかりよ。私をずーーーっと褒め続けてくれたわ——朝まで」

「その甘やかしの結果が貧弱メンタルか」

そっけないクラウスに、ティアは改めて憎い視線を飛ばした。

自身の外見には自信がある。街を歩けば、男性の視線を集めているし、こちらから声をかければ九割以上の男性と関係を持てる。優れた容姿を持つ者が多い『灯』でも、一、二を競う美貌という自負もある。

だが、クラウスには通じない。

幾度となく色仕掛けを試みているが、彼が反応したことは一度もなかった。

「少しは自制したらどうだ？　それが原因で、養成機関で成績を下げられたんだろう？」

「……知らなかったのよ。付き合っていた男性教官に奥さんがいたなんて」

「修羅場を引き起こしたんだな」

「私も二度とごめんよ。少しは控えているわ」

ティアが落ちこぼれの烙印を押された原因だ。

街に繰り出しては男と寝て、あるいは、男性教官とも夜を共にした。彼女からしてみれ

ば、女スパイとしての訓練でもあった。しかし、行き過ぎた素行は他教官の反感を買い、不当に成績を下げられた。

「なんにせよ、試験を達成できなければ、僕はお前たちを連れて行けない。連携が不十分なまま任務に挑んでも、お前たちが死ぬだけだ」

クラウスの声は力強かった。

「最悪、僕一人で挑む」

「……っ」

「だが、リスクは増す。『屍』が無関係の国民を殺す危険性がな」

突きつけられている責任の重さに、改めて呻いた。

――自分たちが試験を達成できなければ、国民は死ぬ。

スパイが背負う重圧。

超人のクラウスが『屍』に敗北するとは思えない。しかし、『屍』は暗殺や逃走のために、一般市民を平気で殺戮する。それを阻止する人手が必要なのだ。

「…………」

ティアは作業を進めるクラウスの右手に腕を伸ばした。

しかし、すり抜けるように避けられる。

何度も強引にその手に触れようと試みるが、やはり彼の速度には届かない。水の入ったバケツを倒し、色っぽい声をあげてみたが、クラウスに無視された。水を吸ったスカートが張り付き、浮き出る身体のラインには微塵も興味がないらしい。

やはり自分一人では達成できそうにない。

仲間と協力しなければ。

しかし、どうやって？　ロクに会話もできない人間たちとどう連携すればいい？

「ティア」

固く唇を噛んでいると、クラウスが声をかけてきた。

「そういえば、お前はやけに『焔』に詳しかったな。なぜだ？」

唐突な話題の転換だった。

「ん……ええ。実は一度だけ接点があるのよ」ティアは頷く。

彼には何度か伝えたことがある。『焔』が自身の憧れだと。

「七年前、私は『焔』に命を救われたのよ。先生は覚えていないのかしら？　帝国のスパイに誘拐された、大手新聞社の社長の一人娘」

「……どうだろう。僕は別行動をしていたかもしれない」

「先生がいた記憶はないから、そうかもね。『焔』は紅髪の女性が教えてくれたの」

ティアは無意識に微笑みを浮かべていた。

「眠れない私に聞かせてくれたわ。とても優しい人だった。命の恩人で、私の憧れよ」

クラウスは意外そうに視線を向けてきた。

「紅髪の女性か……国の極秘情報を寝物語に聞かせるなんて、型破りなあの人らしい」

「そうね。先生は知っているの？」

「あぁ。コードネームは『紅炉』──先代『焔』のボスだ」

えっ、と声をあげてしまった。

若かったので下っ端と思っていた。まさか伝説のスパイチームのボスだったとは。

クラウスが目を細め、懐かしむような表情を見せた。

「ティア、『焔』のメンバーは仲良しだったか？」

「え……」

「家族のように親密なチームでも、時に気に食わないことも、理解できないこともある。頻繁にケンカもしたさ。普段は優しいボスも、議論の時はかなり強情だった。みんな、考えていることがバラバラで、中々収拾がつかず、何度もぶつかり合った」

「ちょっと意外……」

「しかし、それが悪いとは思わない」

クラウスは告げた。

「――対立を楽しめ。仲間とのズレがチームの鍵だ」

今のティアにとって、胸に染みる言葉だった。

「というのは、ボスの受け売りだ。お前は正面から仲間とぶつかるべきだ」

『紅炉』の言葉。

ティアの心に、カツンと突き刺さる感覚があった。


動物小屋から出たところで、モニカの姿があった。

手には、スパナが握られている。声をかける前に、屋敷の中に戻っていった。

（……さっきから何をしているのかしら、あの子）

ボクは自由にやる、とモニカは言ったが、何も教えてくれないのは腹立たしい。

ティアは少し思い悩んで、リリィの部屋に向かった。先ほどモニカがいた場所だ。調査と言っていた。彼女が追うものを摑んでやろうと思った。

リリィの部屋は、本人の性格に似合わず、綺麗に整頓されている。壁にはびっしりと薬品が並んでいる。毒を扱う者として、危険に対する意識があるのだろう。あぁ見えて、根

は真面目なのだ。

しかし、床に紙きれが一枚だけ落ちていた。リリィのものとは思えない。

（モニカが破り捨てたメモ……？）

紙を開くと、まず情報の羅列があった。

【水道：庭、キッチン、浴室、大浴場×、洗面所】

陽炎パレスに関する情報だった。

なぜモニカは今更これを調べ上げているのか。「大浴場」についてある×印の意味も不明である。クラウスが使う浴室には×印がなく、少女たちが使用する大浴場だけに印。

気になって文字を追うと、思わぬ情報が目に入った。

【リリィ――他の寝室よりも一回り広い。先代のボスの寝室？】

はっとして顔をあげる。

モニカは『焔』を調べていたのか。

彼女の指摘通り、他の少女の寝室よりも一回り大きい気がする。二階の角部屋のせいだろう。備え付けの内装も豪華だ。ベッドも高級品であることは見て取れる。

他の住人よりも、ワンランク上の人間が過ごす部屋だ。

「リリィの部屋が『紅炉』さんの寝室だったのっ？」

クラウスの部屋よりも断然日当たりが良い。

ちゃっかり一番良い部屋をキープしているリリィの強かさと、今なお自室を動かさないクラウスの孤独に想いを馳せつつ、ティアは呆然と部屋を見渡した。

（私が憧れた人……スパイを目指した理由そのもの……）

地獄から救い出してくれた命の恩人。

太陽のように温かく、ティアの怯える心を解きほぐし、そして、業火のような苛烈な強さを持った女性――惹かれないはずがない。

心には、彼女が授けてくれた約束が残っている。


『その特技を磨けば、アナタは誰よりも強いスパイになれる』

『けどね、私はただのスパイになってほしくないわ』

『ヒーローを目指しなさい』

『その約束を守れた時、きっと私と再会できる。素敵なプレゼントを用意しておくわね』


再会は果たせなかったが、与えてくれた言葉は、今も尚、生き続けている。

特技を磨き続けた。多数の男と関係を持ったのは、気晴らしではない。自身の才能を開

花させるため。何度挫けても、理想を捨てたことだけは一度もなかった。

――ヒーローを目指せ。

自身の命を救ってくれた、あの紅髪のスパイのように。

「……『紅炉』さん、アナタも仲間とぶつかりながら、前に進んだのね」

メンタルは立ち直っていた。

憧れの人の部屋で誓う。今必要なのは、成功を引き寄せる強力無比の自己主張。

「アナタが守った国民を、今度は私が守り抜く――アナタが見出してくれた力で」

ティアは優艶な微笑と共に宣言した。

「コードネーム『夢語』――惹き壊す時間よ」

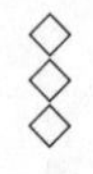

エルナはキッチンで昼食を作っていた。腹が減っては試験どころではない。

少女たちが半分になっても、食事は当番制だ。自分たちで作らないといけない。聞けば、

リリィたちは今頃メイドに扮しているという。料理もまたスパイの訓練だ。

「…………」

しかし、いまいち集中できなかった。頭がうまく回らない。

エルナの習慣――脳内反省会が開催されていた。

(……ティアお姉ちゃんから逃げ出してしまったの)

彼女はしっかり落ち込んでいた。

さすがに失礼すぎたのではないか、と。

(やっぱり会話を続けるべきだったの……)

もっと盛り上げるべきだったのではないか。可愛げがある笑顔を見せるべきではないか。

そう無限に反省を繰り広げていく。

クラウスからは一度、もっと協力すべきだと諭されている。

ギードを倒した時は、うまくリリィと連携できた。しかし、リリィがデリカシーなく人に近づくタイプなので、エルナはさほど頑張る必要なかったのだ。

もう一度あのように協力できれば素晴らしいが――。

(けれど)

決心の前に、つい心がブレーキをかけてしまう。

(やっぱりエルナの不幸に巻き込んでしまったら、皆は離れて――)

呪いのように染み付いた発想が頭をもたげていると、背後から声がした。

「あら、エルナじゃない」

「っ！」

まったく気配に気が付かなかった。

ティアがクスクスと笑っている。

「そう怯えなくてもいいわ。料理当番？　もう一人は？」

「モニカお姉ちゃんなの。『少し待ってて』ってメモを残して、消えてしまったの」

「もうっ、サボりかしら」

ティアが困ったように頬を膨らませる。

おどけて親しみを示してくれるようだが、エルナはそれどころではなかった。まだ親しくない相手にパーソナルスペースの侵入を許し、心臓がバクバクと音をたてる。

場所は狭いキッチンだ。逃げ場がない。

いつの間にか逃げるという発想に至っている自分に気づいて、エルナは頭を振る。

（ち、違うの。ここは勇気を振り絞って――）

言葉を紡ごうと口を開けた時、ティアがくすりと笑った。

「ねぇ、エルナ。私と仲良くしたい？」

大人びた声音だった。

まるで身体にねっとりと絡みつくような。

「素直に答えて。心の内側を晒してでも私と仲良くなりたい？」

「それは……」一瞬口ごもる。「……仲良くしたいの」

「うん。じゃあ、三秒我慢して」

「の？」

「三秒間だけ、私と見つめ合ってくれる？」

言うが早いか、ティアがエルナに両手を伸ばしてきた。反射的に逃げようとする身体をエルナは理性で押さえつける。

ティアの指が、エルナの両頰を抱えるように絡みつく。冷ややかな指だ。

口づけを交わすカップルのような姿勢だ。ティアが黒曜石のように澄んだ瞳で見つめてきた。エルナの顔を持ち上げ、見つめ合う形となる。

「このまま」彼女が甘く囁いた。羞恥に痺れる脳に浸透するような声だった。

三秒間という時間の指定。

しかし、エルナにとっては何十倍にも長く感じられる。

世の恋人はこんな経験をしているのかと戸惑う。心臓がばくばくと音をたてる。ティアの瞳は自身を見透かすようだ。

うっすらと寒気を感じ取った。

――まるで心を覗かれているようで。

「エルナ」

艶やかな唇が動いた。

「アナタは、とても可愛いのね」

三秒が経ったらしい。ティアの手から解放される。

大きく深呼吸をする。張り詰めた空気に、つい息を止めていた。

一体なんだったのか。エルナが呆然としていると、思わぬ言葉をかけられた。

「――アナタ、本当のお姉ちゃんが欲しいの？」

「っ」

「アナタが、私たちを『お姉ちゃん』と呼ぶのはそういうこと？　甘えん坊なのね。自覚はあるんでしょう？　普通の十四歳の少女に比べて精神が幼いって。大変ねぇ。甘えたい感情は募るけど、表には出さず、自分を律して」

つらつらとティアが言葉を並べてきた。

声には、嘲(あざけ)りとからかいが多分に含(ふく)まれていた。心を土足で踏(ふ)み入るような声音。

圧迫(あっぱく)されたように胸が苦しくなる。

ティアの分析(ぶんせき)は、エルナの内心を的確に言い当てていた。

「それは……」

焦燥感(しょうそうかん)に突(つ)き動かされ、エルナは声をあげていた。

「違うの……エルナは単純に不幸に巻き込まないように……」

「だからこそ、その欲望(よくぼう)が叶(かな)えられないのね。幼い頃(ころ)から、ずーっと」

くすりとティアが嘲笑(ちょうしょう)する。

「──幼稚(ようち)なのね」

カッと顔が熱くなった。

羞恥なのか、憤怒(ふんぬ)なのか。区別ができない激情だった。

──なんで、そんなことを言われなくちゃならない？

エルナは幼い頃、家族を失っている。火災で両親と兄姉を失い、自分だけが生き残った。

他(ほか)の子供が両親と遊ぶ時期に、エルナはずっと一人で過ごしてきた。

本当は甘えたい、そんな感情を押し殺して。

自分だけ生きるなんてズルい──そんな妄執(もうしゅう)に囚(とら)われてきた。

姉や兄はもう笑うことさえできないのに、自分が幸福でいるなんてズルい――。

だから事故現場に惹かれ、自分を罰する習慣を身に着けてしまった。無意識の自罰体質を患った。自己嫌悪と贖罪の感情を綯い交ぜにし、過酷なスパイの世界に身を投じた。

その苦悩をどうして笑われなくちゃいけない！

「違うの。エルナは――」

「いいわよ。私がエルナのお姉ちゃんになってあげる」

エルナの怒号は、ティアの抱擁により強引に遮られた。

ふくよかな胸に包まれる。懐かしい、優しい匂いが鼻腔を刺激した。

「仲間には秘密にしてあげる。こっそり泣いていいわ。私の可愛い妹ちゃん？」

「の……」

「恥ずかしがらず、素直になって。理性なんか捨てていいのよ？」

密着する程の距離で耳に囁かれる。頭に直接響くような声だった。

「誰にも言えない欲望も、私なら受け止めてあげるから」

噴き出した激情が薄れていった。

ティアの手がエルナの背中をそっと撫でてくる。とても優しく、心地のいいタッチだった。エルナがこれまでの人生で味わったことのない指使いだった。

背筋がゾクゾクと震える。恐怖か。このままでは自分が塗り替えられる感覚。

しかし、抗えなかった。

ティアの唇が紡いだ『妹ちゃん』というどこか小馬鹿にした言葉に打ち震える感情があった。もう一度囁かれたくなる甘美な響きが、傷つけられた心の隙間に入り込んでくる。

頭が動いたのはそれまでで、次第に何も考えられなくなる。布団の中にいるようだ。柔らかな胸の感触に頭がぼーっとしてきた。

エルナは全身の力を抜き、ティアに身を委ねた——。

ティアの腕の中で、エルナが脱力していた。どこか虚ろな瞳を浮かべている。

確認して、ティアはほっと胸を撫で下ろす。

うまくいった。

同性や年下、ましてや仲間には普段使わないスキルだが、問題なく作用したらしい。エ

ルナから伝わる身体の熱から確信した。完全にティアへの警戒を解いてくれた。

頃合いを見て、ティアはエルナを解放する。彼女は名残惜しそうな顔をしていたが、数度頭を撫でると、顔を赤らめ、昼食の準備に戻っていった。

ティアがキッチンから離れると、廊下にはモニカが立っていた。憮然とした顔で、壁にもたれている。

「エルナに何をしたの？」

見られていたらしい。そういえば彼女も料理当番だったか。

ティアは軽く首を横に振る。

「ちょっとした特技よ。自慢する程じゃないわ」

──他人の願望を読む。

それが、ティアの特技だ。

相手がどんな欲望を抱いているのか。どんな行為を望んでいるのか。

決して詳細ではないが、読み取れる。歪んだ性の願望から秘めた野望まで。そうして読み取った願望に沿うよう、身体なり金なりを提示すれば、大抵の人間を堕とせる。

──交渉のスペシャリスト。

『紅炉』に認められたティアの才能だ。

「よかったら教えるわよ？　男を堕とす技術を含めて、手取り足取り授けてあげる」

「微塵も興味ないね」

「心配しなくていいわ。グレーテに色仕掛けを授けた師匠は、何を隠そう私よ！」

「あの痛々しい逆セクハラ、元凶はキミかよ」

「痛々しいって言わないでっ！　本人なりに頑張ってるの！」

　モニカが冷笑した。

「必要ないよ。扱いにくそうだもん。どんな人間も丸め込めるなら、とっくにクラウスさんに勝ってなきゃおかしいしね」

「いやらしいほど理解が早いわね……」

　そう、モニカが察しているように、ティアの特技には条件がある。

　──相手と三秒、見つめ合うこと。

　自身に下心を抱く男性ならば、容易に達成できる。だが、警戒心の強いクラウス相手に達成できたことは一度もない。敵と交戦状態になった場合は、一切役に立たない。

　しかし、一度条件を達成してしまえば強力無比。

　たとえ、この不遜な態度を取り続けるモニカでさえも──。

「なに、その目つき」

モニカは薄く笑った。

こちらの気配を感じ取ったように、好戦的な顔つきになる。

「ボクに試してみる？　いいよ。ボクを手懐けてみるといい」

「……しないわよ。本人の許可もなしに、仲間には使用しないわ」

自分なりに定めた禁則だ。

無遠慮に他人の心を読んでも、良い事などない。

「モニカ、アナタが私たちと協力する気がないなら、もういいわ。私も自由にやる。足だけは引っ張らないで」

「そう、つまらないな」

モニカが掌を天井に向けた。嘲りのジェスチャーだった。

「ボクが気に食わないなら、力ずくで屈服させればいいのに」

「なに言ってるの……？」

冗談か、挑発かと思った。

しかし、モニカの瞳にあるのはどちらでもない。憐憫だ。心の底から退屈なものを見るような蔑みを向けてくる。

「……ホントさ、このチームって良い子ちゃんしかいないよね」

「は？」

「中でも一番重症なのはキミかな。馴れ合いに堕落したお嬢様――ホント、反吐が出る」

モニカは息をついた。

「でも甘いのは全員か。冷酷さ――スパイに不可欠な厳しさが、このチームには決定的に欠けている。ボクは不安しかないよ。この先、悪辣な敵に立ち向かえるのか」

吐き捨てるように言って、廊下に消えていく。

去り際、手にはスパナが握られているのが見えた。何か工作の最中だったのか。

「ま、良い子ちゃんらしく、ガキの御守りでもやってれば？」

姿が見えなくなってから、そんな侮蔑の声だけが届いた。

「……何が言いたいのよ、あの子」

一方的に罵倒を受けた。しかも、かなり曖昧な理由で。

心に鬱屈した感情が立ち込めるが、相手している時間はない。あの性格だ。無理に協力をお願いするより、勝手に動かした方がうまくいくだろう。

今は優先するべき事項がある。

確実に協力をとりつけたい仲間は別にいる。

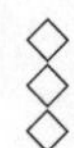

『灯』の少女たちは皆、誰にも負けない特技を持つ。

本来は、ギードを倒すための必殺技だろう。国内のスパイを知り尽くした男も読めない、落ちこぼれの初見殺し。

リリィの毒、グレーテの変装、ジビアの窃盗、ティアの交渉――。

出自や体質などの本人の資質と結び付けた、誰も真似できない固有技能。

そして、チーム中で三人だけ、他の少女を凌ぐ強烈な特技を持っていた。

彼女たちは、格闘も得意でなければ、智略も高いわけじゃない。精神面に幼さは残し、一人では行動させられない。だが、その破壊的な能力だけで仲間をサポートする。

クラウスはその三名を後方支援専門のグループにまとめた。

特殊班。

サラの調教、エルナの事故、そして、アネットの――。

ティアは、中でもアネットこそが反則じみていると信じている。

アネットは自室にはおらず、洗面所にいた。お手洗いかと思ったら、洗面台の下にしゃがみ込んでいる。両手には、ドライバーが握られていた。

ティアが近づくと、アネットは首をぎゅるりと勢いよく回して、こちらに顔を向けた。

「あっ、ティアの姉貴じゃないですかっ」

「……アナタは何をやってるの？」

「俺様、蛇口(じゃぐち)が壊(こわ)れていたので修理してますっ」

そう説明するアネットの足元には、大きな部品がいくつも転がっている。水道を修理するには、大掛(おおが)かりな道具だ。

更(さら)に気がかりなのは——。

「蛇口が三つに増えてない？」

見慣れた洗面台の蛇口が三つに増えていた。

どれもまったく等しい角度で、同じものが並んでいる。ティアの目には、どれが元からあった蛇口なのか判断できなかった。

「形も汚れも傷もまったく一緒の蛇口。正解は一つで、外れを捻ると大爆発ですっ」

「……ホント、天才よね。アナタ」

ティアは思わず息をついた。

これがアネットの特技――工作だ。

その溢れ出る好奇心から、機械弄りを得意とする。スパイの道具の製作から、電気や水道の工作活動、更にはその塗装による隠ぺいまで幅広く。

彼女には大きな強みがある。

――アネットの発明品は、共和国の技術水準を超えている。

彼女は他国、あるいは、隠匿された機関でその知識を会得しているとしか思えない。

出生地を彼女自身も覚えていないが、身に着けた科学技術だけは忘れていなかった。彼女がスパイ養成機関にスカウトされた所以だ。

(もし、この技術をスパイ活動に役立てられれば……!)

歯がゆい思いさえある。

彼女はそのスキルをイタズラか妙な発明品にしか使わない。たまに気が向いた時にだけ、ハイクオリティな道具を作ってくれる。

(いや、私が導いてみせるのよ)

改めて決心をして、ティアは声をかけた。

「ねぇ、アネット」

「なんですかっ？」

「私と仲良くする気はある？　ほんの少し、心の内側を明かしてでも」

「…………」

笑顔を顔に張り付けたまま、アネットは固まった。

動かなくなった機械のように、表情一つ動かさない。

ガラス玉のような瞳が、どこに焦点を合わせているのか、読み取れない。

「はいっ。俺様、姉貴と仲良くしてやりますっ」

沈黙のあと、アネットは同意した。

ティアは息をついた。最初の壁は乗り越えられた。

「そう、じゃあ、私の目を見てくれる？」

両手をアネットの頬に伸ばして、彼女の顔を抱えるように掴んだ。相手はくすぐったそうにするが、力を入れて顔を動かないようにする。

やがてティアの視線と、アネットの視線が合わさった。

「——そこから動かないで」

三十センチほどの距離で、二人は向かい合った。
アネットの片目には眼帯がつけられている。が、問題ないだろう。構わず実行する。
ティアは唇を固く結んだ。
その時、身体が冷えるのを感じた。これまでの人生で経験がない感覚だ。
（……身体が恐れている？　アネットの心を読むことを？）
心臓の音が高鳴る生理反応は、恐怖のそれと似ていた。
なぜかは分からない。
しかし、アネットに近づくことに本能が警告を放っていた。
（いや、物怖じをしている場合じゃない……仲間と向き合い、ぶつからないと）
弱さを振り払ったのは、憧れのヒーローの存在。
（──それが『紅炉』さんに近づける、唯一の道なんだから）
三秒間、ティアはアネットの瞳を覗き込み──。
「………………………………………………………………え」
呆然とする結果に辿り着いた。
「どうしましたっ？」
アネットが純真な笑顔を向けてくる。

「俺様の心、見えましたかっ？」

ティアは戸惑う。読み取った願望は予想を大きく外していた。だが、これまで読み取ったものが見当外れだった事例はない。

（まさか、そんなこと……？）

愕然とする。

（それがアネットをコントロールする交渉材料……？）

言葉を紡ぐのに、時間を要した。

「え、ええとね……」唾を呑み込み、語りかける。

「はい？」

「最近、ずっと思っていたことなんだけど……」

納得できないが、告げてみるしかない。


「……アナタ、身長伸びた？」

蕾が花開くように、アネットの顔がぱーっと華やいだ。

「さすが、ティアの姉貴っ！　分かりますかっ？」

ジャンプをして、ティアの首に飛びついてくる。

「大正解ですっ。俺様、先月から三ミリも身長が伸びたんですっ。去年からは二センチ！　ぐぐーんと大きくなってますっ。寝方を変えた成果ですっ」

逆さ吊りには、そんな意味があったのか。

はしゃぎながらアネットは、ティアの背中をばしばしと強く叩いてくる。無垢な子供のような喜び方だった。

「…………」

しかし、ティアの感情は複雑だ。

――もっと身長を伸ばしたい。

それが読み取れたアネットの願望だった。

彼女の心を知れたはずなのに、より理解から遠のいた気がする。彼女を示す核のようなものが見えてこない。五歳児の心を見たような気分だ。

――アネットの心は空っぽだった。

とにかくティアは「試験を達成したら、牛乳プリンを作ってあげる」と告げる。アネットは「俺様、もっと大きくなれますっ」とはしゃぎ、協力を快諾してくれた。

紆余曲折はあったが、ティアが二人の仲間と結束できたことは間違いない。

自室で号令をかける。

「さぁ！　みんな！　試験を達成してみせるわよ！」

堂々と宣言すれば、元気のいい返事が戻ってくる。

「のっ！」「俺様もっ！」

エルナとアネットが並んで、右手を天井に掲げる。

目頭が熱くなった。

「ティアお姉ちゃん、どうしたの……？」

すっかり自分に警戒心をなくしたエルナが尋ねてくる。

「いや、ここまで長かったなって……」

「？」

アネットとエルナが同時に首を傾げる。

なぜか既に試験に挑戦したような疲労を抱えている。

「とにかく……さっき耳よりの情報を得たわ。リリィの部屋が、昔、『焔』のボスが使っていた部屋みたいなの。それをダシにして、私が先生を呼び出す。アネットはリリィの部

屋に罠を仕掛けて。エルナは罠をギリギリで回避して、先生の手に触れてほしい」

計画を告げて、ティアは強く手を叩いた。

「さぁ！　行きましょうっ！　私たちの力を見せつける時が来たわっ！」

アネットとエルナをリリィの部屋に向かわせて、ティアはクラウスを捜した。彼はどうやら浴室にいるようだ。シャワーを浴びようとしているのか。物音が聞こえてくる。

シャワーを浴びられてしまったら、待たなくてはならない。

時間のロスを懸念しつつ、ティアは浴室まで駆けた。

着替え中ならば驚かせてやろう、と思い立ち、勢いよく浴室の扉を開けると――。

「はい、終わり」

脱衣所で、クラウスとタッチをかわすモニカの姿があった。

パチンと小気味よい音が鳴った。

「え………？」

ティアは口を開けて固まる。

モニカは脱衣所にある洗面台で手を洗い、軽く笑った。

「お疲れ様。じゃあ、ボクはお昼ご飯でも食べようかな」

「ス、ストップ！　ど、どうして」

慌てててモニカの腕を摑んで、声を張った。

「先生もなに簡単に手を触らせているのよっ！」

何が起きているのか、さっぱり分からない。

ティアたちが三人がかりで挑もうとした難題を、モニカが成し遂げている。

しかも、かなりあっさり。

「ん？」クラウスが不思議そうな顔をした。「お前たちは協力していなかったのか？」

「ち、違うわよ。モニカが勝手に……」

「なるほど、納得した」

クラウスは感慨深そうに頷いているが、ティアはついていけない。

「どうしてモニカが試験を達成できたのよ……？」

「日常生活で、必ず手が無防備になる時がある。モニカはそれを見逃さなかった」

「手を洗う瞬間だ」

クラウスが残念そうに言った。

それを聞いても、まだティアは納得できなかった。

モニカがあのクラウスに一矢報いる偉業を成し遂げた。それだけは理解したが。

「別に大したことじゃないよ」

　モニカはハンカチで手を拭いている。

「大掛かりな計画なんてなくても、手に触れるなんて、手洗いを妨害するだけで十分じゃん。心底呆れるのは、キミが最大のチャンスを見逃したことだよね」

「ど、どういうことよ……」

「クラウスさんは動物に手で触れていたでしょ。直後、人は絶対に手を洗う」

「あ……」

「ヒントも渡したでしょ？　陽炎パレス内にある水道の位置」

　モニカは得意げに語ってくれた。

　その言葉と共に、これまで見聞きした記憶が蘇ってくる。

「庭にある水道は、ボクが事前に壊した。台所にはエルナを待機させて、洗面所には、アネットを向かわせた。で、女子が使う大浴場に先生は近づかないから、先生が手を洗う場所は浴室の洗面台しかないでしょ？　だから、ここで張っていたの」

　モニカの言葉と共に、見聞きした記憶がフラッシュバックする。

　ティアが庭を歩いていた時に、なぜかモニカはスパナを握っていた。エルナは一人で料理当番を任せられ、洗面所の水道はなぜか壊れて、アネットが修理していた。

　手を洗う場が限られている。

クラウスはようやく手洗い場に辿り着けたのか、石鹸で念入りに手を洗っている。当然の行動だ。さっきまで彼はネズミを素手で触っていたのだから。

「お前には伝えただろう？　昼過ぎにはペットを業者に送る必要がある。モタモタしている時間はなく、諦めて手を差しだすしかなかった」

クラウスに残された選択肢は、手を使わずに少女を追い払うか。諦めるか。

時間に余裕がない彼は後者を選んだようだ。

モニカはティアの肩を馴れ馴れしく叩いた。

「ありがと、キミたちがいい陽動になったよ」

「よ、陽動……」

「リリィの部屋にわざと置いたメモ、あれ、良い励ましになったでしょ？　実に助かった。ガキ二人の子守りをしてくれるなんて」

彼女は、小屋でティアとクラウスの話を盗み聞きしていたのだろう。そして、ティアたちを動かして、自分が仕留める計画を練ったようだ。

「ア、アナタねぇ！　そんな計画があるなら、最初から言いなさいよっ！」

モニカの掌で踊らされていたことに、頭が熱くなる。

「は？　本来、キミはボクに御礼を言う立場でしょ？　いや、謝罪が先か。このボクに向

かって『足手纏いにならないで』って伝えた件、どう感じている訳？」

「～～～っ！」

声にならない悲鳴をあげてしまう。

大声で、何かおかしいでしょ、と叫びたくなる。しかし、どう考えてもモニカは正論なので、言葉が出てこない。ダメだ。悔しいとしか主張できない。

必死に言葉を捜していると──。


「──極上だ」


クラウスの満足げな声が聞こえてきた。

「いや、それでいいんだ。お前たちは」

ぱちぱちと拍手を送ってくる。彼にとって、満足いく結果だったようだ。

ティアは首をひねった。

「それでいい？　連携が取れているとは程遠いと思うけど……」

「お前たちが仲良く協力できるとは、僕は露ほども期待していない」

「酷いわね……妥当なんだけども！」

「その能力は、ここにはいない四人が遥かに優れている」

間違いない事実だった。きっとリリィたちは四人仲良く、互いを励まし合い、任務に取り組んでいるはずだ。羨ましい。そっちに交ざりたかった。

「優れたスパイほど我が強い。ティアには告げたが、仲間とのズレこそチームの鍵だ。僕がお前たちに期待するのは、互いのエゴを剝き出しにし、ぶつけ合う連携だ」

「ズレ……」

「仲間を味方につけ、達成を目指すティア。協力を無駄と割り切り、効率的な仲間の利用を目論むモニカ。どちらも素晴らしく——極上だ」

クラウスは頷いた。

「お前たちは対立しながら進め。このまま『屍』に挑もう」

ティアの口から息が漏れた。

とりあえず任務には参加できるようだ。

モニカが偉そうに告げてくる。

「よかったね。ボクのおこぼれで参加できて」

「アナタねぇ……」

完全に上から目線だ。まるで自分のおかげで成功したといわんばかりに。あながち間違

ってもないので、歯を食いしばるしかない。

「ティアの姉貴っ！」

すると、廊下からアネットが顔を出してきた。

「俺様たち、さっきからクラウスの兄貴が来るのを待ってますっ。まだですか？」

すっかり忘れていた。

アネットとエルナを待機させたままだった。

「ごめんね。もうモニカが試験を達成しちゃったのよ」

「むむっ。俺様、残念ですっ」

アネットはさほど残念そうじゃない笑顔を見せた。

「二つのドアノブのうち間違った方を捻ると、大爆発する仕掛けだったのにっ」

「爆発好きよね、アナタ……」

危なっかしいので、さっさと取り外してほしい。

しかもリリィの部屋だ。かつて『紅炉』が使用していた部屋になにかあっては、ティアにとっても最悪だ。

「悪いけど、すぐに解除してきてくれないかしら？」

「俺様、先に牛乳プリンを要求しますっ」

「む、強情ね……でも、解除が優先。間違って起爆したらどうするの？」

「異議ありですっ。起爆するなんて、よっぽど運が悪い人だけですっ」

そういう問題でもないが、アネットの主張も一理ある。

彼女の技術は完璧だ。誤作動が起こったことは一度もないし、ドアノブが突如二つに増えていたら誰だって怪しむだろう。仮に触れたとしても、二分の一の確率で爆弾は回避できる。

それでも念を押して取り除くべきだが——。

「——ん、エルナはどこにいるんだ？」

クラウスが疑問の声をあげた。

直後だ。屋敷全体が震える振動があった。

「「「「……………………」」」」

激しい爆発音が響き、廊下の先から黒煙が流れてきた。

ティアは慌てて窓を開ける。窓から顔を出して、様子を確認するが、幸い、火事にはなっていないようだ。

煙が次第に薄くなり、換気を終える頃、全員で惨状の確認に向かった。

爆発が起こったのは、リリィの部屋らしい。吹き飛んでいる扉の前には、全身を真っ黒に汚したエルナが横たわっていた。

「……不幸」

一応、生きているようだ。

持ち前の瞬発力でギリギリ生き延びたらしい。

「……おトイレから戻ってきたら、ドアノブが増えていたの」

捻ってしまったらしい。しかも、外れのドアノブを。

「ついでに言えば……なぜかおトイレの水道も爆発したの……」

しっかり二連続で喰らったようだ。

部屋を覗き込めば、リリィの寝室は無惨な有様となっていた。窓はもちろん外壁も壊れて、二階からの風景がよく見えた。ベッドや衣装棚はどうやら庭に落ちている。彼女がこれまで溜め込んだ毒物入りの瓶は全て粉々に砕けて、床に散らばっていた。

「ええと、どうしましょう、これ……」

さすがに言葉を失ってしまう。彼女の私物が綺麗さっぱり吹き飛んでいる。

「ボクが判断するに」

モニカが腕を組んだ。

「不幸体質のくせに迂闊に触れたエルナが悪くない？」

「こんなアホな量の爆薬を仕掛けるアネットが悪いのっ！」

「俺様、ティアの姉貴の指示に従っただけですっ！」

「え、えぇっ？」

突如開始した押し付け合いに、ティアもまた慌てて否定する。

「私は、モニカが最初から連携を組んでいれば、防げた事故だと思うわっ！」

「絶対、ボクは悪くないよねっ？」モニカが怒鳴った。

「言い逃れしないで。見なさい、あの先生の哀し気な瞳を！」

ティアは無言のクラウスを指し示した。

「思い出の女性の部屋が吹き飛んで、絶望的な顔しているわよっ！」

「…………………」

クラウスは静かな表情で佇んでいる。

「安心しろ」

ぽつりと呟いた。

「……ギリギリ泣いてない」

「かつてないダメージを負ってないっ？」

普段のクラウスならば絶対に吐かない台詞だった。

そして、思わぬ悲劇に心を痛めているのは、ティアもまた同じだった。

（『紅炉』さんの部屋がぁ……）

リリィに頼んで部屋を交換してもらう予定だったが、吹き飛んでしまった。

「……やはり一つ付け足しておこう」

クラウスが言った。

「仲良くしろ、とは言わん……だが、もう少しうまく連携を取ってくれ」

覇気がなく、心からほろりと零れ落ちたような声だった。

間章　行方①

「——という事があった」

　クラウスは語り終えた。

　彼から見た選抜メンバーの様子、『屍』に立ち向かう訓練の具合、そして、リリィの部屋が爆破された経緯だった。

「「「「…………」」」」

　聞かされた四人はコメントに窮したようだ。

「なんつーか、凄まじいメンバーだな」ジビアが頭を掻いた。「色物っつぅか……」

「個性的っすよね」サラもまた頷いた。「まとめるのは中々大変そうな……」

「僕もそれなりに苦労したよ」

　クラウスは腕を組んで、息をついた。

　仲間をまとめたのはティアだが、彼女も彼女で頻繁にメンタルを壊し、ケアする必要があった。気苦労は山ほどあった。

「しかし、個々人の能力は高い。任務自体は問題なく達成したさ」

「本当に優秀だったら、わたしの部屋は爆破されていませんけどねぇ！」

リリィがひとしきり喚いたあとで、咳ばらいをした。

「その責任はおいおい追及するとして……やっぱり連絡がない理由は不明ですね」

他の少女も頷いた。

そう、話を整理しても失踪のヒントは見当たらない。

——どうして彼女たちは未だ陽炎パレスに戻ってこないのか。

——どうして彼女たちは、クラウスに連絡を取らないのか。

謎は多く残っている。

「捜しに向かうぞ」

クラウスは言った。

「お前たちは先に行け。僕は別の任務を済ませて、すぐに駆けつける」

ソファから立ち上がり、部屋に戻ろうとする。こんな状況だろうと、世界は自分を逃がしてはくれない。自国最強のスパイとして大きな責任がある。

「いえ……」

しかし、それを引き止める少女がいた。

「……一刻を争う事態かもしれません。ボスは捜索に参加してください」

グレーテだった。静淑で、極めて冷静な声で諭してくる。

クラウスは首を横に振った。

「僕もそうしたい。だが、任務には国民の命が懸かっている。後回しにはできない」

「――任務はわたくしが引き受けます。ボスは、ティアさんたちの元へ」

声には、強い誇りが満ちていた。

前回の任務を独力で達成したことで、自信を身に着けたか。

しかし、グレーテ一人にはさすがに任せられないが――。

彼女に続くように、ジビアとサラが立ち上がった。

「あたしも残る。怪我も治った。アンタはさっさと仲間の元に駆けつけてくれ」

「び、微力ですが、先輩方のサポートはするっすよ」

仲間の助力を受けて、グレーテが薄く微笑む。

「ご安心を。ボスが不在であろうと、『屍』の弟子を制したメンバーです。危ないと感じた時は引きますので……」

「………………心強くなったな」

一か月前では不安でしかなかった。未熟な彼女たちだけで任務を任せるなんて。

しかし、今は即座にその判断を下すことができる。

「──極上だ。分かった、任務はお前たちに任せよう」

褒めるしかない。

「はい……想定通りです」誇らしげにグレーテが微笑んだ。

「あ、ええと、わたしは……」

仲間の決断に、リリィは戸惑っていた。言葉に詰まっている。

「リリィ、お前はこい」クラウスは告げた。「僕とお前で、仲間の足取りを追うぞ」

「っ。はいっ！」

仲間想いの彼女のことだ。今すぐにでも駆けつけたいのだろう。

ならば残らせるよりも連れて行った方がいい。

「緊急任務だ。仲間を見つけ出し、生きて帰ろう」

その言葉と共に、クラウスとリリィは陽炎パレスを発った。

2章　再会

――クラウスたちが捜索に向かう四日前。

ティアは水着姿で、デッキチェアに寝そべっていた。布地が少ない際どい黒色の水着を纏い、心地よさそうにしている。

日は暮れて、紫色の照明が屋外プールを照らしている。しかし、その照明はあまりに弱く、横にそびえるホテルの光と合わさっても薄暗い。水中にも照明があるらしく、プールの表面は赤紫色にきらめき、インモラルな雰囲気が漂っている。

ディン共和国でも、南端に位置する歓楽地だ。

古くは近くの山から金が産出できたらしい。多くの労働者が出稼ぎに集い、鉄道網が整備された。金の採掘を終えると、ゴーストタウン化を避けるため、観光施設の立ち上げに予算をつぎ込み、今では国を代表する観光名所となっている。法律で認可されていないがカジノは各所にあり、今晩も富豪たちが目も眩むような金を賭けているはずだ。

世界大戦でも重大な被害を受けることなく、この街の光は絶えなかった。

ティアは、その街の高級ホテルに備え付けられたプールで羽を伸ばしていた。

（一応、任務は達成したものね。これくらいの贅沢はしないと）

――『屍』の暗殺任務、達成後だ。

少女たちは、クラウスの指示の元、暗殺者が潜む街に向かい、見事拘束した。その後、『屍』の足取りを洗い出し、協力者等を調べ上げて、今に至る。

（正直、九割以上先生がこなしたんだけど……）

少女たちの仕事は僅かだった。『屍』との闘いに国民を巻き込まないよう、人払いをするだけ。潜む暗殺者の発見には貢献したが、捕縛はクラウスが行った。

（しかも、結局、私たち四人は全然連携を取れなかったし……）

各々役目は果たしたが、最後までバラバラだった。

クラウスが逐一指示を飛ばし、なんとか達成したという体たらく。

嫌な記憶を頭から振り払うように、ティアが身体を起こした時、隣に人影が現れた。

「ねえ、なにここ？」

モニカだ。一応水着を着ているが、上にジャケットを羽織っている。不愉快を隠さない表情で、プールを睨みつけていた。

「なんで外に暖房があるのさ。夜なのにプール？　この下品な照明はなに？」

「高級ホテルだもの。来るのは初めて？」

「普通来ないよ、こんなとこ」

「ふふ、任務を達成したんだもの。自分にご褒美を与えないと、やってられないわ」

「キミは自分にも甘いよね」

厳しい言葉を吐かれるが、スパイの成功報酬は潤沢。用途は個人の自由だ。

（ほんと……モニカとは終始、ケンカしっぱなしだったわ）

白い目で見つめるが、モニカに無視される。

彼女はデッキチェアに腰をかけ、読書を始めた。意外にも恋愛小説だ。しかし、光量が足りないのか、眉をひそめる。

「まったく……クラウスさんの命令がなければ、ボクは別行動するのにさ」

「私はそれでもいいんだけどね」

当然、モニカとティアは仲良く休暇を過ごす間柄ではない。

彼女たちが同じホテルに泊まるには理由がある。

「――じゃあ、誰があの子たちの面倒を見るのよ？」

ティアは改めてプールに視線を向けた。

「俺様特製スペシャル水鉄砲ですっ」

「のっ？」

そこには、巨大な水鉄砲を抱えるアネットと、必死に逃げ惑うエルナがいた。

可愛らしい二人の少女がプールで戯れている――と表現するには、過激な光景だった。

「エネルギー装塡っ！」アネットが水鉄砲に取り付けられたハンドルを回すと、水鉄砲がプールの水を吸い上げ、「俺様、発射しますっ！」という言葉と共に、バコンッという凄まじい音を立てて、水の塊がエルナの顔面に飛んでいく。

「……大丈夫？　エルナ、溺れないかしら？」

「心配なら助けてあげれば？」

「助けに入ったらどうなると思う？」

「あのクソガキの標的がキミに変わるだろうね」

「……遠慮するわ」

「ボクも同じ」

珍しく意見が一致した。

エルナには申し訳ないが、アネットの遊び相手を任せる。

全員同じホテルに泊まるよう、クラウスの指示があった。エルナとアネットにはお目付

け役が必要だ。彼女たちを野放しにすると、トラブルを引き起こしかねない。

視界の先では「不幸……」とエルナが呻きながら、鉄砲水を喰らっている。

「キミも気づいていると思うけど」モニカは言った。「アネットの技術、うちの国の水準じゃないよね？」

「ええ、おそらくは」

「どこから来たのかね、アイツ……」

出自不明の記憶喪失の少女――。

モニカは答えを聞きたかった訳でもないようだ。本に目を落とし、読書を再開する。

「……アナタね、せっかくなんだし泳いできたら？　本はいつでも読めるじゃない」

「そのセリフ、世の本好きを敵に回すよ？　旅先で読む楽しさを否定してる」

「三日後の夜には、帰らなきゃいけないのに……ねぇ、エルナたちが寝静まったら、カジノに行きましょうよ。私たちが組めば、無敵と思わない？」

「ボク一人で既に無敵だけど？」

モニカの態度はやはり冷淡だ。

任務を達成した後でも、一切仲良くする気がない。

「冷たいわねっ！　せっかく、私から友好を持ち掛けてるのに！」

「その譲歩してます感が気に食わないの」

「っ。やっぱり、アナタとは一度決着をつけた方がよさそうね。これは決闘かしら？」

「おーい、アネット。このクソビッチにも水鉄砲を」

「その手は卑怯よっ！」

身に迫る危機を感じて、ティアが声をあげると――。


「――！」


女性の声が聞こえてきた。誰かを呼んでいる。高級ホテルとあって、自分たち以外にも多くの宿泊客がいるようだ。

「ぎゃっ？」

アネットの悲鳴が聞こえた。

ティアが顔をあげると、一人の女性がアネットに飛びついているのが見えた。服を着たままでプールに入り、アネットを正面から抱きしめている。

ティアは咄嗟に動いていた。ただ事ではない。

慌てて女性に詰め寄り、プールサイドで彼女を見下ろすように立ち、

「アナタ、何者……?」

と鋭い視線をぶつけた。

小柄で、目元がぱっちりした女性だった。歳は三十半ばだろう。パサついた長髪と、肌が青白くて不健康さを漂わせている。鼠色のブラウスが、水にぬれて身体に纏い、より貧相なイメージを強調していた。

「え、ええと……」

女性はアネットを腕から離さずに口にした。

「……この子の母親です」

まったくの予想外の言葉に、そこにいる誰もが目を丸くする。

それは奇跡としか表現しようがない再会。クラウスも予期しなかった、数奇な運命。

そして、崩壊の始まりだった。

駆けつけるクラウスを待たずに、チームは壊れ始める——。

間章　行方②

クラウスとリリィは汽車の個室席に乗っていた。

失踪した少女たちが訪れた観光地は、把握している。ディン共和国の南端に位置する歓楽地。戦争の被害から免れ、今も尚ホテルの建設が続いている地だ。違法の裏カジノが多く蔓延り、それを取り仕切るギャングも存在する。

きな臭いが、健全に楽しむ分なら危険はない。外国から観光客も多く訪れる。

一つの駅に停まったところで、クラウスは一度汽車から降りて、売店に立ち寄った。タバコと新聞を購入する。再び席に戻ると、リリィが意外そうに尋ねてきた。

「先生ってタバコ吸われましたっけ？」

「いや、上に照会をかけていた。この駅が受け渡しの場所だった」

クラウスが包装を破ると、ある報告書が入っていた。目を通し、リリィに差し出す。

「お前も読んでおけ。これから訪れる街の情勢だ」

「分かりました……って、先生、コーンスープのレシピが書いてあるんですが……」

「暗号文だ。仕方がない、僕が読み上げてやる」

クラウスは頭に叩き込んだ文章を暗唱した。

「──五日前、スパイ同士の抗争が行われた。ライラット王国とガルガド帝国による争いで、我が国の直接的な関与はない。目的は、海外視察中のライラット王国の政治家に纏わる問題と見てとれる」

リリィが「その政治家さん、海外視察と称して歓楽地で遊んでません？」と告げる。

クラウスは「その隙を帝国に狙われたんだろう」と答える。

「──抗争に気づいた地元警察が、陸軍に通報。我が国に忍び込んだスパイを捕らえるため、陸軍が一帯を厳戒態勢で封鎖している。ライラット王国のスパイの遺体は発見したが、帝国のスパイの行方は不明。いまだ逃走中」

語り終えると、リリィは目を丸くした。

「つまり、一触即発の危険な場所にティアちゃんたちはいるんですかっ？」

「そういうことだな。迂闊だった」

クラウスは小さく息をついて、報告書にミネラルウォーターをかけた。

報告書は水に溶けて、あっという間に消えていく。

「陸軍がわざと報告を遅らせたようだな。手柄欲しさだろう」

その結果、スパイ同士の抗争がクラウスの耳に入ってこなかった。

事前に知っていれば、別の観光地に行くよう指示しただろう。

リリィは納得しきれていないように、首をひねっている。

「えぇと、そもそもの疑問なんですけども……」

「なんだ？」

「どうして軍と対外情報室(ウチ)って仲が悪いんです？　同じ国の仲間ですよね？　以前ウイルス兵器が流出した原因も、陸軍が秘密裏に製作していたからのような……」

彼女がいた養成機関では、込み入った話を聞かされていないらしい。

どうせ汽車が到着(とうちゃく)するまでできることはない。解説しておこう。

「成り立ちによるものだな。世界大戦以前、諜報(ちょうほう)機関といえば、陸軍情報部と海軍情報部の二つだった。特性上、陸軍は自国に潜(ひそ)む敵スパイの情報を、海軍は外国の情報を集める傾向(けいこう)にあったが、互(たが)いに情報を秘匿(ひとく)しがちで、諜報機関としては低レベルな存在だった」

「今も同じですね……」

「だから、二つの情報部を股(また)にかける諜報機関が新設された。それが対外情報室だ」

リリィは、お、と楽しそうに相槌(あいづち)を打った。

「なんだか、カッコいいですね。合体！　みたいで」

「そうだ。二つの諜報機関の優秀な人材が集ったらしい」

「ふんふん」

「つまり少数精鋭のエリート集団。だから軍人から嫌われている」

「え……」リリィの顔が硬直した。「それだけですかっ？」

「それだけだ」

「こ、子供じゃあるまいし……」

「補足すると、規模がまったく違うからな。数十万といる軍人に比べ、対外情報室の構成員はせいぜい数千。陸軍や海軍から寄せられる膨大な情報を、対外情報室が秘密裏に調査する。軍人を小間使いのように扱っている側面もなくはない」

細かい比較すれば、給料も対外情報室の方が上だ。健康な成人であれば誰でもなれる軍人と、スカウトにより選抜されるスパイとでは、どうしても差がつく。対立の一因だ。

「でも、そんなの逆恨みじゃないですかっ。むぅ！　なんだか腹が立ってきましたよ！」

リリィが次第に身体を震わせ始める。

堪えきれなかったのか、拳を掲げた。

「わたしたちの成果を大々的に広めてやりましょうっ！　スパイこそが、陸軍が流出させた生物兵器を取り返した素晴らし痛あぁっ！」

「国の機密情報をベラベラ喋るな」

リリィの脛を靴で蹴り、戯れ言を黙らせる。

ウイルス兵器を開発していたと広まれば、国際社会で批難を浴びかねない。結果、この騒動を知るのは、陸軍でも一部の人間だけだ。

「一応フォローしておくと、陸軍は嫌ってもいいが、あまり見くびらない方がいい」

「あ、嫌ってはいいんですね……」

「人的資源と組織力。それは陸軍が遥かに優れているからな」

彼らの真価は、物量だ。

どんなに優れたスパイでも成し得ないことを、マンパワーで実現させる。

「今回のように街一帯を封鎖する芸当は軍人にしかできない。包囲されたスパイは相当追い詰められているはずだ。自棄になって暴走しかねない程に」

「暴走？」

「稀にある。追い詰められたスパイが一か八かの殺戮を始めることが」

リリィの顔が青ざめる。

クラウスは頷いた。それだけ物量で押し切る陸軍は優れているということだ。

「祈るしかないな。そこにアイツらが巻き込まれていないことを」

汽車が動き出して、スピードを上げた。

車窓からの風景を確認する。駅から出発すると、間もなく大海原が見えてきた。湾曲した海岸の先にはホテル群が見えてくる。

「ただ……正直、こんな国内の事件に手をこまねいている場合ではないのだがな」

仲間が巻き込まれていれば話は別。だが、鬱憤はある。

脳裏にあるのは――正体不明の帝国の組織『蛇』。

早く捜査に当たりたい。個人の事情を差し置いても、ディン共和国の重要事項だ。

こんなトラブルを起こした黒幕には、お灸をすえなければならない。

3章　母娘

ベランダに出ると、海から流れてくる風が火照った身体を撫でた。

ネグリジェの裾が揺れた。

ティアはルームサービスのアイスティーを口に入れる。口当たりのいいダージリンティーは体温を冷まさせるだけでなく、心を落ち着かせてくれる。

目の前には、夜景が広がっていた。ホテル群の点滅する照明は、巨大な一つの生き物のようだ。ここまで豪華な光景は、ディン共和国ではここだけだろう。

ベランダではモニカがブックライトを横におき、読書をしている。脇には、十冊以上の本が積み上げられていた。この休暇を利用して一気に読み進める気らしい。全て恋愛小説。若い男女が出会って、恋に落ちる普遍的なストーリーだ。

「ただの知的好奇心だよ。男女の恋愛に関心があるわけじゃない」

ティアが言葉をかける前に、モニカが釘を刺してきた。

「なによ、何も言ってないじゃない」

「そういう目をした」

「ま、そう思ったのは認めるけどね」

「っていうか」モニカは本から目を離さない。「ネグリジェ姿でベランダに来んな」

「あら、誰にも見られないわ」

「ボクがいるでしょ」

「ふふ、私は裸でもいいわよ？」

「……ボク、マジでキミのこと嫌い」

冗談、と誤魔化して、ティアはモニカの隣の椅子に腰をかけた。

モニカは煩わしそうに本を閉じた。

「なに？　マティルダさんのこと、相談しに来たの？」

「……エルナとアネットはもう寝たわ。アナタの本音が聞きたい」

「無視でいいでしょ、どうせアネットは何も覚えてないんだし」

モニカは批難がましい視線で見つめてきた。

「なのに――どうして、キミはあんな約束を取り付けちゃうかな？」

やはり彼女は反対だったらしい。

ティアがアネットの母親と結んだ約束の事を――。

マティルダ、とその女性は名乗った。

隣国、ライラット王国の技術者らしい。名刺いわく、重機械メーカーの従業員。ティアも聞き覚えがある大手企業だ。歴史は浅いが、質がいい産業機械を世界で売り捌いている。保証も手厚く、機械に故障があれば本国から技術者を派遣してくれる。

マティルダもその一人。ホテルの噴水システムが壊れて、彼女が駆けつけたらしい。どうやら彼女は何度もディン共和国を訪れているようだ。

「四年前、この子と共和国を訪れたんですが、鉄道事故に巻き込まれたんです。わたしは病院に運び込まれましたが、この子だけが見つからず、行方不明になり……」

ティアたち四人は、プール脇のテーブルで彼女の話を聞いていた。マティルダはアネットの首裏にあるほくろまで知っていた。言われてみれば、面影がある。母親で間違いないのだろう。

どうやら奇跡的な再会がなされたらしいが、ティアの胸中は複雑だった。

「まさか生きていたなんて。この子の本当の名は――」

　マティルダは、ティアが知らない名前を口にする。それがアネットの実名なのか。

　当の本人であるアネットは首をひねる。

「それ、誰ですか？　俺様、よく分かりません」

「えっ……？」

　ショックを受けたようにマティルダが目を丸くする。

「アネット」ティアは言った。「エルナと遊んで来なさい」

「俺様、分かりましたっ！」

　アネットはエルナの首に腕を回すと、にこやかな笑顔で「エルナちゃん、水鉄砲で遊びましょうっ」とプールに引きずり込んでいく。その楽しげな表情とは対照的に、エルナは絶望した瞳で「嫌なの。助けてほしいの……」と訴えていたが、申し訳ないが無視する。

　本人が消えたところで、ティアは切り出した。

「ええとね、手短にお伝えしますと、あの子は記憶を失っているんです」

　嘘を交えつつ、簡単に説明した。

　――原因は不明だが、アネットは四年前から記憶を失っている。出自不明の女の子は、国に保護され、『アネット』という名前を与えられた。ある全寮制の宗教学校に預けられている。自分たちはその友人で、今は休暇を満喫している。

そう嘯いた。

「お気の毒ですが、アネットは母親のことも覚えていません」

「そんな……」マティルダが両手を口で覆った。

「私たちも『はい、そうですか』と言って、アネットを引き渡せません。失礼ですがアナタが母親である確たる証拠もないですし、学校にも相談しなきゃいけません」

ようやく状況を理解したらしく、マティルダは顔を俯かせた。

「……つまり、わたしの娘は鉄道事故で記憶を失い、既に別の人生を手に入れたんですね」

どう言葉をかけたらいいのか、分からなかった。

法律上、マティルダとアネットの血縁関係が立証された場合、当然、ディン共和国はアネットを引き渡さなくてはならない。しかし、それはあくまで法律の話だ。

尊重されるべきは、本人の意思だろう。

「……いえ、生きて再会できただけでも、神様に感謝しないといけませんね」

マティルダがふっと微笑んだ。

「あの子が元気そうでよかった。まずは、それが凄く嬉しい」

プールで遊び回るアネットを、マティルダは眩しそうに見ていた。隣で涙目になっている不幸な金髪の少女は、視界に入っていないらしい。

幸い、母親の権利を主張し、強引にアネットを連れ去る様子はない。

一人称が『俺様』の娘とは対照的。とても腰の低い女性だった。

ティアは声をかける。

「アネットは、昔から自由奔放な感じだったんですか？」

「ええ。よく私の仕事場に忍び込んで、機械弄りをしていましたよ。何も教えていないのに、どんどん覚えちゃって。当時は少し迷惑でしたけど、今思うと素敵な思い出ですね」

「なるほど。そこで技術を学んだんですね……」

腑に落ちた。やはりアネットは国外で技術を会得したのか。

「ティア」モニカが口を挟んできた。「そろそろ戻らないと。プールも閉まる時間だよ」

嘘だ。閉館まで二時間以上あるはずだ。

しかしモニカからは厳しい視線を向けられていた。さっさと切り上げたいらしい。

ティアは、マティルダに連絡先の交換を提案した。彼女は最初「あまり良いホテルじゃないので……」と躊躇っていたが、明かしてくれた。ティアたちのホテルとは宿泊料が一桁以上違う格安の施設。それを負い目に感じていたのか。

「あのっ！」

去り際、マティルダはティアの手を摑んできた。

「ワガママを承知でお願いします。明日の晩、娘と食事をとっても構いませんか？」

「えっ、明日……？」

「四年間離れ離れだった時間を少しでも埋めたいんです。ダメでしょうか？」

抱え込むように手を握られる。逃がしてくれない、という強い圧を感じる。

母親の愛情というやつか。

隣で睨みつけてくるモニカが気になるが――。

「……ええ。分かりました。レストランの予約をしておきますね」

さすがに頷くしかなかった。

「ありがとうございますっ」

マティルダが深々と頭を下げて、ティアの手をぶんぶんと振ってきた。

モニカの舌打ちが、耳に届いた。

思い返して、ティアは大きく息を吐いた。
「いや、さすがに断れないでしょう？　感動の再会に水を差せられないわ」

「アネットにとっては、感動でもなんでもないじゃん」

「じゃあ、なんて返せばよかったのよ？」

少し考える素振りの後、モニカが口を開いた。

「──人違いです。これ以上付きまとうなら通報します」

「鬼畜すぎるでしょっ！」

「──この子は私が産みました。アナタの子のはずがありません」

「あら、急展開」

「──よくいるんですよね。生き別れた母親を偽って、ウチの舞台子役に近づくファン」

「これ以上アネットに変な設定を足さないで」

「なんにせよ、キミは拒絶するべきだったよ」

謎の寸劇をやめて、モニカは肩をすくめた。

「相手はアネットを引き取りたがっているんでしょ？　その危機感持ってる？」

ついティアは背後を振り返っていた。

ベッドでは、アネットが眠りこけている。逆さ吊りの睡眠スタイルこそやめているが、寝相の悪さは健在だ。隣のベッドまで足が伸びて、エルナの顔を蹴り飛ばしている。

「アイツ──『灯』をやめさせるの？」

「…………………」


その可能性は考えた。

もしマティルダがアネットを連れて帰国したら、もう『灯』にはいられない。アネットはスパイの世界から外れて、他国で健やかに暮らす人生を送るはずだ。

「ま、その選択は論外だよね」

モニカは勝ち誇ったように笑う。

「チームにはアイツが必要だ。ボク、一応評価しているよ？」

懐からモニカが何かを取り出した。形も汚れもまったく同じ茶色の長財布だ。

「――完璧な模造品」

その長財布を振るうと、中から三つの小さなボールが零れ落ちた。

「ボクの財布を一目見て、作ってくれた。見た目は既製品と完璧に一緒。けれど、細工があって軽く振れば、このゴムボールを排出してくれる。鉄球をゴムでコーティングした投擲武器だ。この武器を三つ、ボクは普通の財布として自在に持ち歩ける」

それは技術者であるマティルダから受け継いだスキルか。

いや、たとえ技術を取得しても、これほどのコピー品が作れるだろうか。

「凄まじい記憶力なんでしょうね」

「記憶力が良い記憶喪失者なんて、随分な皮肉だけどね。一瞬で物を記憶し、姿形同じの武器を作り上げる――かなり強力なスキルだよ」

モニカの意見には、ティアも同感だ。

アネットは『灯』に不可欠な存在だ。失う訳にはいかない。

「ちなみに、本人はどう言っているの？」

「『俺様はどっちでもいいです』って」

できるだけ公平に、アネットには情報を伝えていた。

彼女の反応は芳しくなかった。母親に微塵も興味を示さない。

アネットにとって、マティルダは見知らぬ他人――そのスタンスだ。

「じゃあ、決まりだね」

モニカが手を叩いた。

「約束なんか破っちまおうよ。アネットが変な気を起こす前に、さっさと逃げて――」

「――でもね、私は、アネットの人生で悪くない機会と思うの」

「は？」

「明日、もう一度、マティルダさんとアネットを会わせる。約束は守るわ」

直後、モニカは白けた表情を浮かべた。

呆れと嘲りがブレンドされた瞳を向けてくる。

「なんで？　どうせアネットと母親は離れ離れになる。情を持たせてどうすんの？」

「…………」

「それとも、本気でアネットを引き渡す気？」

ティアは、いいえ、と否定した。

優柔不断の自覚はある。しかし、母娘を引き剝がす選択が正しいとも思えなかった。

「空っぽだったのよ」

「なにそれ？」

「アネットの心を覗いた時に、そう感じたのよ。何もない。スパイをやる動機も、『灯』に残る動機もなかった。あの子には快か不快かの二択しかないのよ」

その気味悪さは、彼女の心を見たティアにしか伝わらない感覚だろう。

――身長を伸ばしたい。

アネットの心にあったのは、そんな無邪気な欲望だけだった。

「すごく歪だと思う。私たちがやっているのは、命懸けの任務よ？　記憶もなければ、使命感もない。そんな少女が好奇心のままに、任務に身を投じるなんて。私はアネットに……こうなんて言ったらいいか。もっと根源的なものを持ってほしいのよ」

再結成時や『焔』の墓前では、『俺様はみんなと一緒がいいですっ』と述べたことを思い出す。なんて曖昧で危険な答えだろう。

「本当にキミとは意見が合わないな」

モニカは厳しく吐き捨てた。

「仲間の事情なんて興味ないな。チームの利益を優先しようよ」

個々の感情よりも組織が優先という立場か。

間違いとは思わない。むしろモニカらしいと感心した。

「もちろん、アナタに協力しろ、とは言わないわ。でも、静観してくれればいい」

「静観、ねぇ……」

「偽善ぶった理由が嫌いなら、言い換えるわ。アネットがスパイに前向きな動機を見つけ出せたら、それは『灯』に大きなプラスになると思わない？」

今のアネットはさすがに掴みどころがなさすぎて、コントロールできない。

「…………」

モニカは押し黙った。

ベランダからの夜景を眺め続け、ぽつりと口にした。

「……ま、勝手にしなよ。アイツの自由奔放さがマシになるなら、何も言わない」

「助かるわ」

消極的ではあるが、承認を得られたようだ。ほっとする。

するとモニカは指を二本たてた。

「ただ、条件を二つだしていい？」

「ええ、なに？」

「明日のディナー、ボクも行く。キミが変な気を起こして、アネットを引き渡さないように監視しなきゃ」

「構わないわよ。もう一つは？」

「いや、厳密にいえば条件というより、お願いなんだけど」

モニカは面倒くさそうに室内の仲間を親指で指した。

「コイツらと一緒に行って、ボクが恥ずかしくないようにして」

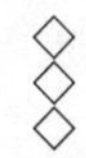

「だああああぁっ！　逃げるなぁ！　これ、ボクが選んでやったんだからなぁっ？」

「俺様っ、子供っぽい服は嫌いですっ」

「うるさいっ。キミの好みなんざ聞いてないのっ！」

逃げ出そうとするアネットを、モニカが強引に押さえつける。

スイートルームの中で、モニカが縦横無尽に暴れている。早朝から洋服店にドレスを一式持ってこさせると即座に選別し、アネットに着せようとしていた。

アネットに似合うドレスには間違いない。しかし、パステルカラーで、フリルの数が多い意匠は、本人の好みとは合わなかったようだ。珍しくアネットが抵抗している。

「俺様、大人のレディなので、もっとカッコいいのがいいですっ」

そう主張しているが、モニカは容赦しなかった。ベッドの上に組み伏せ、パジャマを剝ぎ取り、強引にドレスを着せている。

ちょっと可哀そうになって、ティアが言葉をかける。

「あの、モニカ……別に本人が好きな服を着させてあげればいいんじゃ……」

「奇抜なセンスになるからダメ」

モニカはきっぱりと否定する。

「アネットの身なりが酷かったら、友人のボクたちまで低くみられるでしょ？」

「プ、プライドの問題……？」

「あー、もうっ。キミの抵抗で二分時間を無駄にした。大人しくしろよぉ」

モニカは鬼気迫る表情で、アネットにドレスを着せていく。アネットは足をバタバタさせ「俺様、くすぐったいです」と喚いている。嫌がっているのか、楽しんでいるのか。

その争いに怯えているのは、エルナだ。黒を基調としたドレスを纏い、おろおろしている。当たりの強いモニカの態度が恐いようで、部屋の隅に離れていく。

「エ、エルナは……朝ご飯を用意するの。昨日買ったパンとジャムがあるの……」

「キミは動くな」

「ジャムが服に飛び散ったのっ！」

「フラグの回収が早いなぁっ？」

苛立たし気な声をあげ、モニカは舌を鳴らした。

「ティア、エルナの服を洗ってきて。五分以内によろしく」

「……はいはい」

朝から終始モニカはこんな感じだった。

他の仲間に分単位で細かい指示を出していく。時には、厳しい叱責を飛ばして。

——ボクたちが相手を測るってことは、相手もボクたちを測るってことだよ？

そう言い放ち、メンバー全員を朝五時に叩き起こし、一流レストラン用に恥ずかしくないドレスと、テーブルマナーを徹底し始めた。

ティアはエルナの服を拭きつつ、ため息をついた。

「とてもじゃないけど、アナタ、養成機関に馴染めそうにないわ」

「だーかーらー、ボクはわざと手を抜いていたの」

その一点だけは決して譲らないらしい。

結局、準備には丸一日時間がかかった。

ホテルの玄関でタクシーを待つ頃には、とっくに日が暮れかけていた。

「さぁ、行くよ。道中、服を汚さないように。特にエルナ」

「……西日が眩しいの」タクシー乗り場でエルナが目を細める。「――避けるのっ」

「キミはっ！　どうして水たまりに突っ込もうとするのさっ？」

モニカがエルナの首根っこを摑んで、タクシーに投げ入れる。

ごたごたの末にティアたちはレストランに移動した。

目的の店は海岸沿いにあった。海が見える側が一面ガラス張りになり、沈みゆく夕日がよく見える。内装とテーブルクロスの白さに眼が眩みそうになった。ティアがガイドマップを睨んで、選び抜いた高級店だった。

待ち合わせ席には、マティルダが所在なさげに待っていた。昨日と変わらないカジュアルなブラウスを身に纏い、「あっ、どうも」と頭を下げる。

ティアは優艶に微笑みつつ、ホールへ向かった。

「アネットとマティルダさんは、あちらのテーブルへ」

事前に店に電話を入れて、テーブルは二席用意してもらっていた。

マティルダが肩を強張らせる。

「え、ティアさんたちは別テーブルなんですか……？」

「ん？　親子水入らずの方がいいと思ったんですが」

「そ、それもそうですね。頑張ります」

なぜか緊張している。

今日の晩御飯は、マティルダとアネットのためだ。自分たちがすぐ横にいては迷惑だろうと判断した。

ティア、モニカ、エルナの三人で一つのテーブルに着いた。

「見物だね。片方が記憶喪失とはいえ、実の親子なんでしょ？　あのアネットとどう会話をするのか、勉強させてもらおうか」

「そうね。うまく会話ができるといいのだけれど」

彼女たちのテーブルと少し離れて、マティルダとアネットのテーブルがあった。

モニカのこだわりで、アネットの髪は梳かされている。普段は乱雑に縛られた髪が、ま

っすぐに下ろされて、ハネは整えられ、より彼女の可愛らしさが際立っている。見事なまでの美少女だ。黙っている限りは。微動だにしない限りは。

その髪やドレスを褒めるのが、会話の糸口になるだろうが――。

「…………」

「…………」

まず恐ろしく長い沈黙が始まった。

マティルダはじっと手を握りしめて、アネットを見つめている。

アネットは薄っぺらい笑顔を浮かべて、ぼーっとしている。

「…………」

「…………」

再び長い沈黙のあと、口火を切ったのはマティルダだった。

「あの……アネット？　と今は呼ばれているのね？」

「はいっ」

「元気？　ケガや病気はない？」

「俺様は元気ですっ」

「よかった。わたしね、昨日の晩からずっとアナタの心配をしていたの。四年ぶりに会う

からね。病気にかかってないか、気に掛けちゃった」

「それなら俺様も一緒ですっ」

「あ、わたしの心配してくれたの？　嬉し――」

「俺様も、俺様の体調を心配していましたっ」

「…………」

「…………」

「…………」

「……………………」

モニカが小声で「ん？　今の会話なに？」と首を傾げた。

エルナが「緊張しているの。エルナも分かるの」と呟き、ティアは「でも、そろそろ和やかな話を始めるんじゃないかしら」と励ます。

その後、前菜とスープが運ばれてくるが、会話は弾まなかった。

マティルダは無言で口に運ぶだけで、感想一つ語らない。アネットはモニカが仕込んだテーブルマナーを無視して、皿を持ってスープを飲むが、母親が指摘することもない。

魚料理が運ばれたところで、今度はアネットの方が口を開いた。

「俺様、この魚、嫌いですっ」

「……え、どうして？」

「目玉が反抗的です」

「でも、昔は食べていたよ？　トマトソースでよく煮込んで、貝と一緒に――」

「俺様、覚えてませんっ」

「あぁ、うん……でも、もし食べられなかったら残してもいいからね」

「見た目が嫌いなだけで、俺様、美味しく食べられますよ？」

「…………」

「…………」

「……………………」

「……………………」

エルナが呟いた。「会話が恐ろしい程かみ合ってないの」

モニカも首肯する。「ボクたちまでいたたまれなくなってきたな」

ティアがぐっと拳を握る。「も、もう少し待ちましょう。ちょっとずつ会話が弾めば」

料理はあっという間にメインディッシュである子羊のステーキが運ばれてきた。

ティアは口に入れた瞬間、思わず「美味しい」と述べていた。どんな気分が落ち込んだ時に食べても、自然と感想が零れそうなレベルに感じられたが――。

「…………………………」

「…………………………」

案の定、マティルダとアネットは無言だった。

途中アネットが席を立って「エルナちゃん、肉を半分寄越してください」と迫り、エルナを「コイツ、カツアゲを目論んでるのっ」と怯えさせた以外、喋らない。

「…………………………」

「…………………………」

デザートが運ばれてくるまで、ただただ長い沈黙があるだけだ。

モニカがパンを齧りつつ「とうとう母親が会話を諦め始めた」と冷笑した。

「さすがに酷くない？　このザマで、アネットを引き取りたいって言ってるの？」

反射的に擁護したくなるが、モニカの言う通りだ。

仮に、ティアが二人の間に入って、会話を促してやれば話は弾むだろう。しかし、第三者が介入し、強引に盛り上がらせた会話に何の意味があるのか。

親子が一対一で対面する機会を用意したい。

その一心での配慮だったが、あまり意味はなかったかもしれない。

「そうね。デザートが来たら、もう――」

帰ってしまおう、と言いかけた時だった。

エルナの鼻がぴくりと動いた。

「エルナ？」モニカがめざとく反応した。

「……不幸の予兆があるの」

その根源を確認済らしい。エルナが玄関の方向をこっそり指差した。

「──囲まれてるの」

◇◇◇

ティアはモニカにアイコンタクトを送った。

ステーキソースの残りで、皿に地図を描く。脱出経路とフォーメーション。

モニカは不服そうに眉をひそめた。が、テーブルクロスの下で、何かを投げてくれた。

ティアの膝の上に滑るように通信機が届いた。ハンカチで包むと同時に席を立ちあがり、隣のテーブルに移った。

「マティルダさん。トイレに行くフリをして、裏口から出ましょう」

小声を囁くと、マティルダはハッとした顔になった。心当たりがあるようだ。

いつの間にか混み合い始めたレストランを、そっと移動する。裏口の前には男性ウェイターがいたので、酔ったことを色っぽく告げて、注意を逸らした。その隙に目でサインを送って、マティルダを外に逃がした。

ティアもまたトイレに移動して、窓から脱出する。

《表に妙な男たちがいる。三名》

通信機からモニカの声が届く。

《キミたちが戻ってこないことに気が付いて、移動した》

「何者かは分かる？」

《少なくともカタギじゃない、急がないと追い付かれるよ。残り四十秒》

ティアは周囲を確認した。

ホテル群からはタクシーで移動するほど離れた海沿いのレストランだ。裏口から出たとしても、あるのは大きな幹線道路と、城壁のようにそびえ立つ崖のみ。山と海に挟まれた、この土地らしい地形だ。隠れる場所がない。

「モニカ、厄介払いできない？」

《できなくはないけど面倒だね。レストランのそばで暴れたくないな》

よほど訓練を受けた相手でなければ、追い払うことは可能だろう。だが、軽率に混乱を

広めるのは最終手段にしておきたい。

《とりあえず崖沿いに走って。ベルの音が鳴る方に》

「ベル？」

《いいから》

ティアは裏口に回り込むと、青ざめた顔をしたマティルダと合流する。彼女の腕を引いて、走りだすと同時に思考を回した。

（一度、私が交渉を仕掛ける？　いや、現状リスキーすぎるわ……）

車がほとんど通らない幹線道路を、ホテル群の光に向かって進む。

「お前たちっ！　逃げんじゃねぇっ！」

大人たちの怒号と足音が背後から聞こえてくる。殺気だっている。少なくともただでは逃がさない意志を感じられた。

目的は分からないが、逃げた方が良さそうだ。

「マティルダさん、もっと早く走ってっ！」

「そ、そんなことっ、言われても……」

返事は弱々しいが、彼女は幸いにも健脚だった。日頃訓練を受けているティアの疾走にも、しっかりついてきた。だが、体力は伴わないのか、すぐにバテはじめる。

男たちの罵声は徐々に近づいている。

「――っ！」

ティアの肩に衝撃が加わった。

石を投げられたのだと悟る。痛むが、足を止める訳にはいかない。

「その女もひっとらえろっ！」

怒号から逃げるように、ティアは肩を押さえて駆け続けた。

《大丈夫。一人、そっちに先回りさせた》

その時、ベルの音が聞こえた。リィン、と高い音が闇夜に響いていた。

ティアは迷わず、そちらに足を向けた。

《武器も扱わず、殺気一つ感じ取らせず敵を葬る、反則じみた暗殺者をね》

モニカの解説が聞こえ、ベルの音の正体が明らかになる。

崖下には、人形のように美しい金髪の少女が立っていた。

「不幸……」

彼女は、手にしたハンドベルをリィンと鳴らして、呟いた。

「コードネーム『愚人』――尽くし殺す時間なの」

直後、そのありえなさに思わずティアは愕然としていた。

反則、とモニカが表現したのも頷ける。常識を逸脱している。ある意味で『屍』をも上回る暗殺者だ。

エルナがそっと崖を見上げる。

直後――人間の頭ほどの巨石が降り注いできた。

少女たちは、噴水が湧く公園で待ち合わせをした。

ティアは報告する――追ってきた男たちの一人に怪我を負わせたこと。死傷させる程ではないこと。その隙に通りがかったタクシーに飛び乗り、逃走に成功したこと。

モニカもまた語る――落石の音がレストラン内にも響いたが、パニックになる程ではなかったこと。周囲には怪しい人物が残っていなかったこと。

情報交換を済ませ、ティアは顔を俯かせるマティルダの前に立った。

「アナタ、追われているんですか？」

率直に尋ねた。

マティルダは目を逸らした。「それは……」

「言えない限り、もう二度とアネットとは会わせませんよ」

厳しいが、当然の措置だ。いわくつきの人間に、アネットを預ける訳にはいかない。

観念したように、マティルダは唇を噛んだ。

「借金取りです」

「どういうこと？」

「……始まりは一昨日です」

申し訳なさそうにマティルダは語った。

「一仕事終えたあとに公園で息をついていたら、わたしの工具箱、盗まれたんです。必死に捜していたら、もう質屋に売り飛ばされていて……パニックになっちゃって……買い戻そうと、パスポートを担保にお金を借りて、ギャンブルしたけど失敗して……」

「失敗するに決まってるじゃん。警察に相談しなよ」

呆れ口調でモニカが口を挟んだ。

ここら一帯には、確かにカジノは蔓延っているが、運営しているのは法の隙間を縫って存在する違法業者だ。素人がはした金で挑んで、勝てるはずがない。

「工具箱なんか諦めて、本国に帰ればいいのに」

「でも、あの工具箱はとても大事な代物だったんです」

悔しそうにマティルダは拳を握りしめる。

「ティア。もう放っておこうよ」

モニカはうんざりした口調で言った。

「こんな母親と会わせても、アネットが幸せになると思う？　娘の会話もロクにできない。母親は借金まで負っている。さっさと大使館に送ってやろうよ」

マティルダの目に涙がじわりと浮かんだ。もしかしたら、先ほどアネットと会話が続かなかったことを悔いているのかもしれない。

さすがに胸が痛んだ。

「ちょっと、声が大きいわよ。マティルダさんは盗難の被害者よ？」

「あぁ、そう」

モニカは肩を竦めた。悪びれる様子が何もない。

「――この子は、天使なんです」

力強い声が聞こえてきた。

一瞬、マティルダの声とは分からなかった。

普段の覇気のない声とは違い、ハッキリとした意志が感じられた。

「なにそれ？」モニカが鼻で笑う。

マティルダは肩を震わせ、主張する。

「借金取りから逃げて、絶望しきった先に、この子がいたんです……輝く天使みたいに見えました……死んだと思っていた娘に出会えたんです。これが奇跡と言わず、なんですか……さっきは緊張してしまいましたが、わたしはこの子を本当に愛しています」

彼女は、腰を折るように頭を下げた。

「わたしはもう一度、娘と暮らしたいんです……チャンスをください……」

ティアは息を呑んだ。

十歳以上も年下の少女たちに懇願を示す姿に目を見張る。

強情だったモニカは「結局、大使館にも警察にも行かない説明になってない……」と毒づきこそしたが、考え込むように沈黙し、何かを悟ったように肩の力を抜いた。

「……ま、事情は分かったよ」

モニカが視線を飛ばす。

「アネット、キミが決めたら？　実際のところ、マティルダさんをどう思ってんの？」

全員の視線がアネットに集まった。彼女はさっきから無言で成り行きを見守っている。

「……………………………………」

永遠にも感じられるほど長い静寂。

やがてアネットが口を開いた。

「……俺様、見たことがあります」

「アネット？」ティアが首をひねる。

「工具箱……コバルトブルーの、青空みたいな色……」

マティルダが両手で口を覆った。

アネットは空中をぼんやりと眺めている。まるで宙に浮く大気を見るような焦点の定まらない瞳で、言葉を続けた。

「昔、誰かがそれを自慢げに持っていて……」

「アナタ、記憶が――」

「でも、あの時はずっと大きくて、とっても重たくて、固くて、近くて、痛くて……」

言葉はそこで終わった。

アネットは肩を落として、はあああっと息を吐き、朗らかな笑顔を見せた。

「――俺様、やっぱり思い出せませんでしたっ」

説明はそれきりでアネットは口を噤んでしまった。

少しずつ変わり始めている――？

予感をティアは抱いた。

空っぽに感じられたアネットに何かが生まれた？　マティルダと出会ったことで？

歓迎すべきことだと判断する。このチャンスを逃したくはない。

「ねぇ、マティルダさん」

ティアは自身の胸に手を当てた。

「その工具箱、私に取り返させてくれない？」

マティルダは訳が分からないといった顔をした。

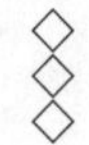

夜、ティアは任務用の服を纏い、そっとホテルを抜け出した。黒い服は闇夜に溶け込み、彼女の気配を消す。人目を避けるように、薄暗い通りを選んで進む。

夜でも明かりが絶えない街だ。

大通りでは、夜間の噴水ショーやライトアップを期待して、観光客が闊歩している。それを見て、不安に駆られる。比較的治安がいいディン共和国と言えど、ギャングや犯罪者はどこにでも潜んでいるということか。特に浮かれたカモに困らない街では。

肩がじくりと痛み出す。

さきほど受けた投石の傷だ。銃弾でなかったのが幸いだろう。

マティルダを嵌めたのが、どんな集団かは読めない。また戦闘になれば、今度こそ取り返しのつかない傷を負うかもしれない。

一人で立ち向かう気だった。ティアの独断に、他の少女を付き合わせる気はない。

そう考えた時、ティアの前に、見慣れた人物が立ちはだかった。

モニカだった。

「なに？　止めに来たの？」

「本気なの？」モニカが言った。彼女も任務用の服を纏っている。「肩入れしなくていいじゃん。こんな危険を負う価値ある？」

「言ったでしょう？　私はアネットの空っぽの心を埋めたいって」

「……その結果、アネットがスパイをやめようとしたら？」

「アネットは」ティアは薄く微笑んだ。「普通の少女に戻れるわ」

「…………」

「モニカ？」

彼女は口元に手を当てて、何かを考えこんでいる。よく見ると、手の中には小さな鏡があった。後方を確認しているようだ。

「軍人が多い」

ぼそりと呟いた。

「……ずっと気になっていたんだ。昼間からやけに軍人がうろついている。妙だな」

「どういうこと？」

「何か面倒な事態が街で起きているのかもね。下手に刺激したくないな」

世界大戦終結後の陸軍の主な仕事は、国境付近の警備、災害対策、軍事訓練、そして、警察では手に余る事件の支援――テロリストやスパイの警戒だ。

確かに不穏なものを感じさせるが――。

「それでも引く気はないの？」

「うん」ティアは頷いた。

「キミは本当にバカだね。昼間にケガも負ったくせに」

モニカは呆れたらしい。口元を緩め、ティアの肩を指差してきた。

「逆なら失敗しなかった。ボクにマティルダさんを保護させて、キミが通信機で指示を出す。それなら、もっとうまくやれたでしょ？」

「でも、これは私が引き受けたトラブルよ。危険な役目は任せられないわ」

指示を送った時、モニカの不満げな顔には気づいていた。

彼女ならばたった一人で、暴漢を追い払えることも理解している。

「今回もそう。私が引き つけた問題は、責任をもって私が処理する」

「…………やっぱりバカだ」

「なっ」

決意を告げたが、あっさり否定された。

モニカは呆れ顔をした。

「あのね、キミが怪我を負えば、ボクの責任も問われるの」

「そんなことはないわよ。誤解する人がいれば、しっかり説明して——」

「仲間はそう見ないかもしれない。キミの軽率な行動でボクまで批難されるかもね」

「うっ」

言い返す言葉が出てこなかった。その可能性は頭から抜け落ちていた。

「そ、それはごめんなさい。でも、マティルダさんを放っておくのも——」

「──だから、ボクが協力してあげるよ」

ティアの腕を、ぽんとモニカが叩いてきた。

唖然とする。

「アナタ……」

「いい加減、察してよ。ボクはプライドが高いんだ。そばにいる仲間に怪我があったら、沽券にかかわる。なのに、キミが退かないんだから仕方がない」

彼女は露骨なため息をついた。

「今回ばかりは、キミの甘さに付き合うよ」

すると、物陰から更に二人の少女が飛び出した。

「エルナもやるの」

「俺様もやってやりますっ」

エルナとアネットだ。

両者ともバッチリ任務服に着替えて、口々に協力の意志を向けてくる。

「……っ」

ティアの唇がぴくぴくと震えた。

身体が途端に熱くなってくる。無意識に空気を吸い込んで、肺を膨らませていた。

「どうしたの？」モニカが気味悪そうに眉をひそめる。

「信じられなくて。てっきりアナタは『暴走すんなクソビッチ』って怒るとばかり」

「キミの中でボクはどういう評価なんだ」

「それにね――すごく心強いのよ」

とうとう、この四人が協力するのだ。

こみ上げてくる笑みを堪えきれず、ティアは髪を撫で上げた。

「さぁ！　やってみせましょう！　私たち四人ならば必ず――」

「そういうのいいから」

士気をあげようとしたら、モニカに遮られた。

「非選抜組の四人じゃあるまいし、仲良しごっこはやめようよ」

リリィ、グレーテ、ジビア、サラの四人を『非選抜組』と呼んで、彼女は自身の肩を回し始めた。偉そうなことこの上ないが、彼女らしい。

「ボクたちはボクたちの連携でいこうよ、選抜組の誇りを持って」

どこまでも不遜な態度。

しかし、その言葉が心を躍らせたのも事実だった。

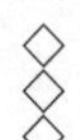

最初に行動を始めたのは、ティアとエルナだった。

駅と離れていない大通りに、目的の質屋があった。閉店時間のギリギリに滑り込むように入店する。狭い店内にはガラスのショーケースが並んで、宝石やブランド品の革製品が飾られていた。

（照明が薄暗いわね……まるで商品を売る気がないみたい）

スパイの直感が違和感を捉えていた。

一度、この質屋にはアネットが下見に訪れたという。彼女に教えられた棚を見ると、コバルトブルーの工具箱が置かれていた。外からも見える目立つ場所に置かれている。

ティアは、その工具箱の価格を見て愕然とした。

一般成人男性の月収の二倍近くある。

（やっぱりおかしい……ただの工具箱がこんな値段で売れるわけないじゃない）

マティルダは購入を諦めて、カジノに挑んだというが、それも納得の値段だ。

見えてきた——彼女が嵌められた悪意を。

「ねぇ、売りたい物があるんだけど、少しいいかしら？」

店の主人は、奥にいた。

ガリガリに痩せた、眼鏡をかけた青年だ。一見大人しそうに見えるが、その瞳にはこちらを捕食するような圧迫感があった。

「この工具箱よ――買い取ってくださる？」

ティアが差し出したのは、もう一つの工具箱。

マティルダが盗まれた工具箱と瓜二つのものだった。

「それなら……」青年は陰鬱な表情で紙に万年筆をはしらせた。「この値段で」

吹けば飛ぶような、安さだった。

「あら」

ティアは意外そうに――世間知らずのお嬢様のように目を丸くした。

「この工具箱――ショーケースの中にあるものとまったく同じよね？　売値の七割の値段で買い取ってくださらない？」

マティルダが盗まれた工具箱と外面が同じコピー品。

それは、アネットがたった一時間足らずで作り上げた作品だった。彼女はショーケースの盗品を一度見ただけで記憶し、市販の工具箱を改造して、見た目がまったく変わらない

品を作り上げた。

　主人は動揺したように眼鏡を釣り上げた。

「ま、まったく同じ商品……？」

　アネットの精巧なコピー品に、戸惑っているようだ。

　外面や中身の細工まで、まったく同じ工具箱なのだ。正当な理由もなく、価格差をつける訳にはいかないだろう。

　ティアは甘ったるい声をあげ、エルナの背中に触れた。

「ね？　頼むわ。この子の父親の大切な品なのよ？」

「しかし、そうは言ってもね……」

「お願いっ。今すぐにお金が必要なのよ」

　質屋の主人の手を両手で摑むと、ティアはじっと相手の瞳を見つめた。相手は顔を紅潮させつつ、突然手を握ってきたティアを見つめ返している。

　――きっかり三秒間、ティアは視線を外さなかった。

　それで十分だった。

「……無理を言ってすみませんね」

　ティアは手を外して、優艶な笑みを浮かべた。

「こちらが私たちの宿泊先です。気が変わったら、また連絡してください」

メモを主人の手に握らせて、ティアはエルナと店から出た。途中念のため、エルナの髪を払った。美しい金髪が街灯の光を反射して、煌めいた。

少なくとも、質屋の主人がエルナの特徴を忘れることはないだろう。

質屋から離れると、通信機に語り掛ける。

「こちら『夢語』。第一段階クリアよ。質屋の主人の願望は、透けてみえたわ。薄汚い金銭欲の塊。見立て通りね」

ティアには、男の次の行動が手に取るように分かる。

「『愚人』に偽の宿泊先まで歩かせる。時間はかかると思うけど待機して」

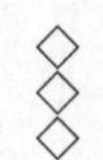

路地裏で待機するモニカは再び連絡を受け取った。
《こちら『愚人』。第二段階クリアなの》
ティアの報告から、ほとんど時間が経たず、エルナの通信があった。
《予定通り、工具箱を盗まれたの》

早いことだ。予定よりかなり早く、事が進んでいる。

「これで質屋と窃盗犯の繋がりが確定か」

質屋の男は、カモがやってきた、と喜び、仲間に連絡しただろう。ティアたちが教えたホテルと質屋を繋ぐ道で待ち、金髪の少女から工具箱を盗んだ。偶然とは思えない。

「……にしても早くない？」

《エルナが噴水ショーに見惚れている間に消えていたの》

「キミ、スリに狙われやすそうだよね」

《そういえば、エルナの財布もさっきからない気が――》

モニカは通信機をポケットにしまった。新たな問題が発生したように聞こえたが、ティアに任せておく。

「アネット。発信機は？」

「正確に作動してます。けっこう近いですっ」

アネットが探知機を抱えて、はしゃいでいる。発信機は、アネットが作製した工具箱に取り付けたものだ。

彼女が案内した先は、巨大ホテルの狭間にある小さなビルだった。半地下には、見るからにみすぼらしい事務所があり、スーツ姿の大人が下品な笑みを浮かべ蠢いている。

「……ギャング未満の悪党って感じかな。つまんないの」

窓から確認し、モニカは肩を上下させた。

「まぁ、いいや。さっさとケリをつけちまおう」

モニカはマスクで顔を覆うと、半地下の窓を蹴り破って、室内に入った。

それと同時に女性の金切り声が響いた。

「何者よっ、アンタっ！」

「ただの観光客」

モニカは気の抜けた返事をして、室内を確かめる。

半地下の部屋には、五人ほどの人間が陣取っていた。女が一名、男が四名。室内には、盗品らしきカバン類が積まれている。奥には金庫が見えた。ダイヤル錠ではなく、シリンダー錠。モニカならば、ほとんど一瞬で開けられる安物だ。

そして、その金庫の隣には、アネットが作製した工具箱があった。

「随分とあくどいことしてんね。旅行客から貴重品盗んで、質屋に売り払って、そして？　法外な値段を質屋につけさせて、困ったカモに金貸しとカジノの紹介？　すごいね。ここまで徹底的な悪人、久しぶりに見るよ」

モニカは部屋のテーブルに無造作に並べられた品に触れた。

「担保のパスポートもこんなに集めちゃって……」

無造作に積まれたパスポートを漁り、中身を確認する。

「…………うん、やっぱりだ」

そして目的の物を見つけて、ほくそ笑む。

男の一人が激昂した。

「勝手に触んじゃねえっ」

手近にあった鉄パイプを握りしめて、モニカに殴り掛かる。

軽い身のこなしで攻撃を横に避け、再び男が突っ込んできたところで足を払った。勢い任せの男はそのまま金庫に激突した。頭を打ち、意識を失う。

闖入者がただ者ではないと、相手も察したようだ。ナイフを掴み、モニカを取り囲む。

しかし、それで臆するモニカではない。

「ボクが全員倒してもいいんだけどね——美味しいところは譲るよ」

退屈そうに吐き捨て、パチンと指を鳴らした。

「俺様の出番ですかっ？」

割れた窓からアネットが顔を出した。緊迫な状況にそぐわない、純真な笑みを見せて。

は、と呆然する男たちを尻目に、モニカは懐からゴーグルを取り出した。

彼らには知る由もないだろう。

ただの工具箱に見える代物――アネットの発明品をのうのうと引き入れた時点で、敗北は定まっている。

「コードネーム『忘我』――組み上げる時間にしましょうっ」

次の瞬間、工具箱は催涙ガスを噴き上げた。

待ち合わせ場所は、芝生が広がる公園だった。

お昼時に工具箱を届けると、マティルダは目を丸くした。

「……どうやって取り返したんですか？　ティアさんたち、何者？」

「私の親戚に警察がいるんです。ちょっとお願いしたんですよ」

ティアは適当な嘘で誤魔化した。

実際は、催涙ガスが充満する部屋で、モニカが彼らの帳簿を盗み出して、その帳簿を元

に質屋を脅迫して取り返したのだ。本当はパスポートも取り返したかったが、モニカいわくマティルダのパスポートはその部屋にはなかったらしい。

しかし、今日はそんな真実を語りに来たのではない。

隣では、アネットが鼻息を荒くしている。

「それよりっ！」アネットが跳ねる。「これの中身を俺様に教えてくださいっ！」

「え、それくらいなら……」

「俺様っ、それが楽しみで昨日から眠れなかったんですっ」

アネットはマティルダの服を引っ張って、芝生の上に座らせた。

「俺様、狙った相手だけを罠に嵌めたいんですっ。この前も、兄貴用のトラップに、ドジなエルナちゃんが嵌っちゃったんです。どうしたらいいですかねっ？」

「……ん？　イタズラでもするの？　ええと、だったら、この塗料を使うとか？」

「ん、なんですかっ？」

「新開発された塗料。水に溶けやすい塗料なの。水をかけるとすぐに溶けて、偽物と本物の見分けが付くかな。その見分け方を仲間だけに教えておくとか？」

「おぉ！　俺様、感動しましたっ」

どうやら工具箱の中身には、マティルダが勉強した資料も入っていたらしい。質屋の主

人も理解できず、処分できなかったようだ。

昼下がりの公園で、機械部品と設計図を並べ、談笑を交わす親子。

傍から見たら奇妙な光景ではあるが、当の本人たちは楽しそうだった。

「俺様、この工具箱ごと欲しくなりましたっ」

「ダ、ダメだよ。これはわたしの仕事道具だから」

アネットが一方的に言葉をぶつけ、マティルダが戸惑いつつ答えている。

昨晩のレストランの様子とは違い、どちらも雄弁だった。

「きっと、あの親子はああしてコミュニケーションを取っていたのね……」

「の」

その親子を遠巻きに見つめて、ティアとエルナは同時に頷いた。

アネットは素敵なおもちゃをもらった子供みたいに喜んでいる。『灯』では中々見られない表情だった。高級なディナーの何倍も彼女の心を動かすに違いない。

達成感を覚えると同時に、チクリと胸に痛みがはしる。

（もしアネットが、本気でマティルダさんとの生活を希望したら……）

今更になって後悔など、恰好が悪い。それは分かる。

しかし、心は複雑に揺れ動いた。

「……一応、しっかり明かしておくの」

隣でぽつりとエルナが呟いた。

彼女はおやつのドーナッツを頬張って、不服そうに目を細めている。

「エルナは嫌いなの」

「え？」

「アネットのこと、嫌いなの」

「な、なんで？」

突然の告白に戸惑っていると、エルナは地団駄を踏んだ。

「決まってるのっ！　いつもエルナをイジメてくるのっ！」

「あぁ、納得」

そういえば、アネットの奔放さで一番割を食っているのは彼女だ。水鉄砲を喰らったり、就寝時に顔を蹴られていたりしていた。

「……でも、いなくなったら寂しいの」

エルナが小さく呟いた。

その言葉は、遠回しの批難にも聞こえた。まるでティアがアネットを追い出したがっているように見えたのだろう。

「誤解しないでほしいんだけどね」

ティアは、エルナの頭を撫でた。

「私、マティルダさんが良いお母さんとはあまり思わないわ。頼りないもの。アネットがマティルダさんとの生活を希望したら、私は反対する。全力で説得する」

「の？」

「でも、アネットが本気で望んだなら、私は認めるわ」

尊重するのは、あくまで本人の意志だ。

ティアはその心を支えるための情報を並べただけだ。マティルダとの生活を後押しする気なんて、さらさらない。

――確固たる心で、アネットが『灯』を選び取ってほしい。

ティアの願いは、それだけだ。

「その判断をしたティアお姉ちゃんは、とても立派だと思うの」

「うん、ありがと」

仲間に認められて、ティアもまた満足する。

彼女の胸にあったのは、やはり理想とするスパイの姿。

きっと自分の憧れのヒーローならば、同じ行動をとったはずだから――。

アネットは夕方まで母親を質問責めにした。

マティルダが疲れ切り、気を失いそうになっていたところで、ようやくアネットは「俺様、勉強になりましたっ」と彼女を解放した。

マティルダはふらふらの足取りで、ティアに近づき、

「凄い……あの子、ここ数年間の新発明や新素材を全部理解しちゃいました……」

と呆然とした声をあげた。

表情には、満足感も見て取れた。どうやら充実した時間だったようだ。

ティアは、また連絡をすると約束を交わして、彼女と別れた。次会う時は、クラウスと相談して、判断を仰がねばならない。

帰り道、アネットはぽつりと「……これがお母さんってやつなんですね」と感慨深そうに呟いた。娘にとっても意味のある時間だったようだ。

ご機嫌なアネットとホテルに戻ると、モニカが本を片手に待っていた。

「やぁ、お疲れ」

彼女は、どうしても別行動をしたい、と言い張り、今日一日ティアたちと離れていた。

その勝手をティアは許した。集団行動が苦手にもかかわらず、よく休暇の終わりまで我慢してくれた。

そう、休暇は明日で終わりだ。

明日の夕方には、陽炎パレスに戻る。それを思うと、寂しさに駆られる。

「モニカもお疲れ。マティルダさん、嬉しそうだったわ。アナタのおかげよ」

「別にボクは大して働いていないけどね。一番の功労者は、アネット」

「ふふっ、やっぱり協力さえすれば無敵ね。私たち」

「だからボク一人で無敵なんだって——あー、もういいや。返事するのも、めんどい」

モニカは煩わしそうに手を振った。

いつも通りの素っ気ない態度ではあるが、前ほど気にはならなかった。

「ねぇ、モニカ。休暇も明日で最終日なんだし、今晩くらい羽目を外さない？　みんなで街に繰り出しましょうよ」

終始彼女とケンカをしていたが、今回のことを通して絆が深まった気がする。

たまには任務を抜きに触れ合いたいものだ。

「キミが一緒だと金がかかりそうだなぁ」モニカが軽く言った。「ま、たまにはいいよ」

「決まりね。この四人でカジノでも行きましょっ」

「いや、ボクたちはともかく、見るからにガキの二人は追い出されるでしょ」

「……カジノ、気になるの」エルナが手を挙げた。「行きたいのっ！」

「キミは一生涯行くな」

モニカはエルナに枕を投げつけて、強制的に沈黙させる。

その後で、爽やかな笑みを見せてきた。

「でも、しっかり仕事を終わらせてからにしない？」

「仕事？」

「クラウスさんに報告しないと。マティルダさんのこと」

「そうね……」

クラウスはどう判断するのか。

三か月近く月日を共にしているが、性格を全て把握しているとは言い難い。

「先生はどう言うかしら……ちょっと恐くなってきたわ。やっぱりアネットとマティルダさんを会わせたことに反対するかしら」

スイートルームには、直通の電話が設置されていた。専用の番号にかけて、交換手に暗号を伝えれば、陽炎パレスに繋がる仕組みだ。

その電話機を見つめて、ティアは表情を曇らせる。

するとと、モニカが「いや、実はその心配はもう的外れなんだ」と笑った。

「どういうこと？」

「問題はとっくに変わっているってこと」

言っている意味が分からない。

ティアの隣では、エルナが不思議そうにし、アネットが無邪気な笑みを浮かべている。

メンバー全員の視線を浴びて、モニカは愉快そうに告げた。

「おかしいと思ったよ。宿泊先を明かすのを躊躇う。盗難被害に遭って、警察に行かない。確認したら、案の定だったよ。マティルダさんの顔写真のパスポートは見つかったのに、名義が違った。陸軍がやけに多いのは、その関係らしいね」

モニカは、マティルダのパスポートを見つけていたらしい。

なぜか、それを隠していたようだ。そして、今日一日調べ事に費やしたのか。

「何が言いたいのよ……？」

「ありがとね。キミたちのおかげで突き止められた」

困惑するティアに、モニカが告げてきた。

「マティルダさん――帝国のスパイだよ」

断言。

そのモニカの誇らしげな表情を見て、ティアは彼女の真意を察した。

——どうして彼女がここまで協力的だったのか。

この展開を読んでいたのだろう。ティアたちは利用された。結束は——全て演技。

「クラウスさんにはボクから報告しておくよ」

モニカが電話機に近づき、ダイヤルを回し始めた。

「ほら、マティルダさんを陸軍に引き渡さなきゃいけないじゃん？」

まるで死神のような残酷な笑みを浮かべて。

間章　行方③

　ちょうど正午に、汽車は目的の駅に到着した。

　駅から降り立った瞬間、リリィが、うお、と呻き声をあげた。

「しゅ、首都よりも発展していませんっ？」

　駅を囲むように高層ホテルがそびえ立っている。軽く視線を回せば、十を超える巨大な宿泊施設が目に入る。まるで城塞の中に降り立ったようだ。初めて訪れる観光客の多くは、圧迫感に二の足を踏むという。リリィもその例に倣ったようだ。

　そういえば、彼女は僻地の生まれで、後は養成機関の寮で育った人間だ。まだ都市の街並みに慣れないらしい。ここよりも数倍発展している帝国の街を歩いたはずだが。

「ホテルの周辺だけな」

　クラウスは呟いた。

「それより、お前には――何名見える？」

　二階建ての駅舎には人がひしめき合っている。改札をくぐれば、商店が立ち並び、地図

やジュースを勧めてきた。駅前にはホテルからの送迎を待つ行列ができている。

しかし、そんな浮かれた空気から外れ、異様な緊張感を纏う者がいた。

「……軍人が十二名も？」

堂々と軍服姿で駅に立って、改札を通る人々に鋭い視線を飛ばしている。

リリィがまばたきをした。

「いや、市民に扮した軍人がもう七名いますね。隠れているつもりでしょうけど、威圧感と体格でバレバレでは……？」

「それが陸軍のレベルだ」

スパイとして使い物にならない練度だ。国中からスカウトが選抜した人間を育てる対外情報室と、健康な若者ならば誰でも所属できる陸軍との差だ。

「だが、陸軍の強みは数だ。個人の能力は低いが、駅一つに十九人、配置できる」

敵スパイ一人にこれだけの人材を投入できるのは、紛れもない強みだ。

クラウスは小さな声で尋ねた。

「──お前なら、この包囲網をどう突破する？　顔が既に割れている条件で」

「……えっ、抜き打ち問題っ？」

リリィは口元に手を当てて、うぅんと唸りだす。

「ま、まず一番偉そうな人を毒で眠らせて――」

「その場合、お前は宙を舞う風船のように殺される」

「よく分かんないけど敗北したっ？」

軍人の配置を見たところ、優れた指揮官がいるようだ。その人物の予想はつく。

クラウスは事前に伝えられていたホテルに移動した。陸軍は一流ホテルの一室を貸し切り、作戦本部を立ち上げているらしい。

路地裏に一旦入ったところで、リリィにフードで顔を覆うように指示をした。

「あれ、顔を見せないんですか？」

「陸軍の連中に素顔を晒せば、すぐに敵国まで漏れると思え。情報管理がザルだ。既に流出している僕の素顔はともかく、お前の顔は迂闊に見せるな」

「……先生、ピリついていません？」

「陸軍には苦手な男がいるんだ」

クラウスたちが六階のフロアに立つと、廊下には軍人が立っていた。「対外情報室の人間だ」とクラウスが告げると、不愉快そうに道を空けた。

作戦本部には、大きなテーブルを囲むように七人の男性が座っていた。地図を広げて、全員が一様に腕組みをしている。そして、ノックもせずに無遠慮に入室したクラウスに気

が付くと、全員同時に息を呑んだ。

　中央にいる青年が立ち上り、クラウスの元に大股で近づいてくる。

「おいっ！　なんで貴様がいるっ！　対外情報室に応援を頼んだ覚えはないぞっ」

　凛々しい男だった。見るからに軍人という出で立ち。分厚い体格と短く切り揃えられたブロンド髪。まだ二十四歳らしいが、その顔からは若輩のあどけなさは消えている。

　クラウスが苦手とする人間――ウェルタ＝バルト大尉だ。

「お前に教える義理はない。僕たちには黙秘の権利がある」

　クラウスは息を吐きつつ、告げた。

「陸軍が所有する情報を全て開示してくれ」

「それが人に物を頼む態度か？」ウェルタは顔をしかめる。「これは、俺の部下と勇敢な地元警察がかき集めた――」

「御託は良いから規則に従え」

「っぐ、貴様……」

「わざわざ僕に詰め寄ってくるな。暑苦しい」

　ウェルタが今すぐ胸倉を摑もうとする勢いで睨みつけてくる。

　クラウスは相手をする気もせず、受け流した。

険悪なムードを、リリィが察したらしい。間に入ってきた。

「あのっ、お二人はお知り合いなんですか？」

ウェルタは初めてリリィの存在に気が付いたらしい。お、と親し気な表情を見せる。

「なんだ、貴様が部下を連れているなんて珍しいな」

リリィが緊張しつつ「対外情報室の『花園』です」と頭を下げる。

それでウェルタは気を許したらしい。快活に笑って、自己紹介をする。

「俺の名前はウェルタ＝バルト。陸軍情報部で大尉を務めている。あいよろしく」

ウェルタはリリィと握手を交わして、再びクラウスを睨みつけてきた。

「『燎火』とは不思議と縁があってな。何度か顔を合わせている」

迷惑なことにな、クラウスは毒づいた。

ウェルタとは『焔』時代からの顔見知りだった。

国内の任務で陸軍から情報を得る際、なぜかこの男が担当することが多かった。事件に妙な嗅覚があるらしい。初めて会った時は、准尉だった人間が見る見るうちに昇進して、彼の年齢では異例な大尉まで上り詰めた。

能力こそ認めるが、所属のせいか、どうにも彼とは折が合わない。

「またお前の上司共が報告を怠ったよ。何かあれば、次からはお前が直接、伝えろ」

「軍は縦社会だ。下の人間が指示もなく動けるか」

クラウスの文句を、ウェルタは鼻であしらう。

「それに、必死で集めた情報を簡単に譲り、成果を掠め取られるのは良い気分でないな」

「優先順位を違えるな」

「俺が我慢しようと、現場の士気に関わる。理屈では人は動かん。第一、報告しろと言うが、貴様たちが一度でもこっちに情報を回したことがあるか？」

「対外情報室は機密情報を扱う機関だ。易々と情報は渡せない」

ウェルタと睨み合う。

リリィが慌て始めるが、この程度はいつものことだ。

しかし、対外情報室には陸軍の情報を閲覧する権利がある。

ウェルタは憎たらし気に資料を見せてきた。

ライラット王国とガルガド帝国のスパイ同士の抗争、そして、ライラット王国のスパイの遺体。最後に、帝国のスパイと思われる女性のパスポートの写し。

「この女が潜伏中のスパイだ。現在、幹線道路、駅、港を見張り、ネズミ一匹出れんよう封鎖している。銀行口座は凍結済。直に干上がって、見つかるはずだろう」

「大袈裟なことだな。僕なら一日で見つけられる」

「どうやって？　相手は、他国のスパイを殺したやり手だぞ」

「湖畔に浮く水草をそっと掬いあげるように――」

「貴様の強がりに付き合う暇はない。陸軍に任せろ。上層部からは既に――」

強がりではないんだがな、と呟くが、ウェルタが相手にする素振りはない。

「これは親切で言ってやるが」

ウェルタの声が小さくなった。周囲の仲間には聞かれたくない内容らしい。

「知っての通り、陸軍は対外情報室への反発が強い。上層部はスキャンダルのネタを見つけようと躍起になっている。ここ最近は一層な」

ウイルス兵器流出の失態を嗅ぎつけられ、面目が潰れたからだろう。

くだらない意趣返しだ。

「もし貴様が現場をかき回して、捕縛直前のスパイを逃がす羽目になったら、上層部は喜んで対外情報室の廃止を議会に訴えるぞ」

「………」

「潔く退いておけ、貴様は気に食わんが、対外情報室の廃止までは俺も望まん」

ウェルタは『焔』を知っている人間だ。

彼らの偉大さを知る者に、対外情報室を心の底から敵視する者は少ない。

「……そうだな、帰るとしよう。アドバイスに感謝をするよ」

「お、物分かりがいいじゃないか」

「ただ忠告を残しておくよ。港の警備を増やしておけ」

ウェルタが怪訝な顔をした。

「どういうことだ？」

「敵のスパイが一人とは限らない。お前たちは入ってくる人間に対する警戒は怠っているだろう？　長引けば、帝国から救援として、良からぬ者が駆けつけるかもしれない」

「スパイの増援か」ウェルタは頷いた。「一理あるな。だが、なぜ港なんだ？」

「なんとなくだが？」

クラウスがそう告げると、ウェルタはひどく不愉快そうに眉をひそめた。


ホテルから出たところで、リリィが大きく息を吐いた。

「……対外情報室と陸軍の仲が悪い理由が分かりました」

ホテルの陰に潜むと、ローブを外した。その表情は、呆れ半分、納得半分といったところか。出てきたばかりのホテルを睨みつける。

「あの部屋にいる人、皆、殺気立った目で睨んできましたよ。相当憎まれていますね」

「今に始まった話じゃないさ」

「任務中ミスしたわたしを睨むモニカちゃんの目でした」

それは憎しみではなく蔑みだろう。

「でも、ウェルタさんは悪い人じゃなさそうですね」

「気に食わないが、優秀な指揮官だ。駅舎の軍人もかなり優れた配置だった」

クラウスは頷いた。

「気に食わないが」

「二回言ったっ？」

「僕にライバル心を持っているからな。鬱陶しい」

「でも、あそこまで邪険にしなくてもいいのに。陸軍の方だから嫌うんです？」

「態度が偉そうじゃないか」

「…………」

「ん？　何か言ったか？」

「いえ……なんでもないです」

先生もかなり偉そうでしたよ、という呟きがあった気もする。

まだ説明したいことは多いが、時間を割いている場合ではない。

本題に戻ろう。ウェルタはとんでもない事実を突きつけてきた。

「それより、陸軍が捜索しているスパイのことだが――」

「あぁ、はいっ。何か分かりました？」

「パスポートの写真にアネットの面影があった。関係者かもしれない」

偽造されたパスポートには、モノクロの写真が張りつけられていた。名前や生年月日は偽物だろうが、税関を通過する上でまったく別人の顔写真を提示したことはないだろう。

その顔写真には見知った顔つきがあった。

「え……」

リリィが唾を呑み込んだ。

「ちょっと待ってください！　この女性って今――」

クラウスは首肯した。そして、ウェルタが得意げにした発言を思い出す。

『上層部からは既に――この女の射殺許可が下りている』

もし少女の失踪がこの女性に関わっているならば、笑えない。

4章　決裂

ティアは思い出していた。

『屍』との闘い——少女たちの役割はただ逃げることだった。

大物政治家を暗殺するために現れた屍を見つけ、クラウスに無線で報告。彼が到着するまで監視。見つかれば逃走。しかし、逃げ切ってはならない。そうなれば、屍もまた姿を晦まし、無関係な国民を虐殺して、姿を消してしまう。

直接争うことはないとはいえ、かなり危険な役割だった。

最初に屍と接触したのは、ティアだ。

豪華な別荘が並ぶ避暑地の一角で、屍の姿を双眼鏡で捉えた。

（……先生の読み通りだ。やっぱりここに来た）

別荘に滞在する政治家を狙っているのだろう。

焦燥と共に、歓喜の感情が湧き起こる。自分こそが見つけたのだ、という功名心。

しかし、次の瞬間には吹き飛んだ。

——屍が振り向いたのだ。

心臓の鼓動が高鳴る。

（ありえない……二百メートル以上離れているのに）

油断していた。クラウスもこの距離で気づくことはある。その事実を失念していた。

屍はこちらに駆けてきた。彼との間には、街路樹や別荘などの障害物があったが、時間稼ぎにもならない。それを足場のように蹴り上げて、加速してくる。

——自分を捕らえて、情報を吐かせる気だ。

ティアもまた逃走を開始する。

頭には、仲間の工作が叩き込まれている。エルナからは崩れやすい崖や倒れやすい壁の情報、アネットからは事前に仕掛けたトラップの数々を教えてもらっている。

しかし、屍もまた実力者だった。

エルナの読み通り崩れる土砂も、アネットが仕掛けた爆弾も、遊ぶように避けていく。

「弱いね」

ティアはあっという間に追い詰められ、屍と対峙する。

死人のように痩せこけた男だった。顔の肉がほとんどなく、眼窩が浮き彫りのように突

き出ている。その不健康な見た目は死を想起させ、ティアを震え上がらせた。

反射的に一歩後ずさりしてしまう。

「引くんだ、そこで」屍が嘲笑う。「情けない」

ティアは唇を噛む。

彼の言う通りだ。別荘を取り囲む煉瓦の外壁のせいで、元より逃げ場などない。

「あぁ、退屈だ。本当に俺と争える奴がいない。簡単に殺せる雑魚ばかりだ」

彼はナイフを構えて、近づいてくる。

ティアの特技が使えるような状況ではない。エルナとアネットの特技も通じない。

銃を構えるが、膝が震えだしてロクに照準を定められなかった。

唯一、屍に立ち向かえたのは——。

「うわ、顔キモっ」

と生意気な言葉と共に、別荘の屋根に現れたモニカだった。ノータイムで発砲する。

屍は反射的に横に飛び、モニカの方を振り向くが——。

跳弾。

モニカが放った銃弾は外壁の煉瓦に跳ね返り、屍を後方から襲った。挑発で視線の誘導をしてから見せる、常人離れした神業。

「……へぇ、キミは中々やるね」

銃弾は、屍の肩を掠めるに留まった。なぜか屍は跳弾を察知したようだ。

銃弾を反射させて敵を襲うモニカも、それを避けた屍も、ティアの理解とは程遠い。

「まさか、敵から褒められるなんてね」屋根の上でモニカが首の裏を撫でた。

「才能は認めるけど」屍の手には、いつの間にか拳銃が握られていた。「甘いよ」

屍の早撃ちがモニカを襲った。超速射。屍の動きには、銃を構える素振りも照準を合わせる動作もない。一切の無駄がない、洗練された暗殺術。

「っ！」

モニカはギリギリで避けて、煉瓦造りの煙突に身を隠した。

「残念だけど、今のキミじゃ俺には敵わない。俺を倒せるのは『燎火』だけだ」

陰鬱な声だった。

「虚しいよ。弟子から連絡を受けた。燎火はここにはいないんだろう？　ウーヴェ＝アッペルという政治家の屋敷にいると聞いた。俺はただ哀しい。死にたくなる」

屍は残念そうに首を横に振っている。嘘の情報を信じているらしい。

煙突から覗かせるモニカの顔には、挑発的な笑みがあった。

「ふうん。グレーテもよくやってんじゃん」

「なに？」

「上を見なよ？」

モニカが手を伸ばして、空中を指差した。

それにつられるように、屍が顔を上に向けた時――。

「横だ」

黒い影が獣のような速度で強襲し、屍の顔を思いっきり蹴り飛ばした。

クラウスだ。

目にも留まらぬ速さで駆けつけ、美しいハイキックを屍に食らわせた。屍の身体は軽々吹き飛び、煉瓦の壁に叩きつけられる。

「燎火っ！」血を吐き、屍が吠えた。「何年も待ちわびた。俺のライバルに足り得る――」

体勢が整う前に彼は銃口をクラウスに向けていた。先ほど同様の神速の早撃ち。二メートルもない超近距離で、銃弾が放たれた。

キン、と鋭い金属音が響いた。

クラウスはナイフを手にしている。怪我の様子は見られない。

「あ……？」

呆けた屍の側頭部を、二度目の蹴りが射貫いた。

屍は意識を失ったらしく、だらりと地面に横たわった。白目を剝いている。

ティアは思い出していた。銃弾弾き——そう言えば、クラウスの師匠であるギードもまた刀で銃弾を弾いていた。当然クラウスも習得しているようだ。

「……そう対処すればいいのね」とモニカが少し悔しそうに呟いた。

クラウスはすまし顔で手を払う。

「——極上だ。よく生き延びてくれた」

「瞬殺してよかったの？」モニカが指摘する。「今そいつ色々呟いていたよ？『ライバル』とか『運命の相手』とか云々」

「勝手に認定されてもな」

彼は鬱陶しそうな態度で、屍を見下す。理解できないらしい。

別荘の陰からアネットとエルナが顔をだした。二人仲良くスーツケースを運んでいる。

クラウスはそれを受け取り、屍の身体を折り畳んで、押し込んだ。

「……殺さないの？」

ティアが口を挟んだ。

任務の内容は、暗殺だったはずだ。運んでから殺すのか。

「教えておこうか」

　クラウスはスーツケースを乱暴に閉じた。

「コイツのような厄介な相手には、暗殺が命じられるが、最善は生け捕りだ。優秀なスパイほど貴重な情報を掴んでいる。専門チームに引き渡し、尋問にかける。自白剤を飲ませるし、必要とあらば拷問にもな」

「拷問……」

「覚えておけ。捕まったスパイの末路は、死より深い暗闇だ」

　クラウスの瞳は、氷のような冷たさがあった。普段見せないスパイの厳しさだ。

　ティアの肌がそっと寒くなる。

「希望などない。精神が摩耗して心を壊すか、拷問に耐えきれず命を落とすか。二重スパイを志願すれば、稀に生き延びられるが――」

　クラウスは低い声で言い残した。

「裏切者は同胞から殺される」

　それはきっと警告だったのだろう。

　今後、外国で活動する際に『捕まるな』という脅し。

　まさか、その言葉が別の形で自身に突き刺さるとは思いもよらなかった。

◇◇◇

「マティルダさんを陸軍に引き渡さなきゃいけないじゃん？」

モニカの言葉を受けて、ティアの頭をよぎったのはクラウスの教えだった。捕縛されたスパイの末路。待ち受ける容赦ない責め苦。

身体が動いていた。

モニカから受話器を取り上げ、電話機のコードを引き抜いた。

「アナタっ！　自分が何をしているのか、分かっているのっ？」

「ボクの方が尋ねたいね。キミこそ理解している？」

高級ホテルの一室で、ティアはモニカと睨み合った。傍では、エルナとアネットが無言で見続けているが、配慮できる余裕はない。

ティアはモニカの胸倉を摑んだ。

「アナタっ！　マティルダさんを通報する気っ？」

モニカの表情は平然としている。

「当然。彼女はこの国に忍び込んだスパイだ。ボクたちの敵だよ？」

「アネットの母親なのよっ！」

「それが免罪符になるとでも？」

モニカの的確な判断が恨めしい。

そうだ、ガルガド帝国はスパイを用いて、この国を侵略している。直近でも、残忍な暗殺者『屍』がこの国で活動していたのだ。マティルダもまた、この国を脅かす存在かもしれない。自分たちはそれを防ぐ使命がある。

しかし――。

後方を振り向いて、アネットの表情を確認する。彼女もまた驚愕しているようだ。普段の笑みは消えて、目を丸くしたまま固まっている。

「遅かれ早かれ、アネットには教えなきゃいけないんだ」

ティアの思考を読み取ったように、モニカは笑う。

「ここで知らせたことを責めるのは筋違いだよ」

彼女はティアの腕からすり抜けるように身をかがめると、足を払ってきた。受身さえ取れず、ティアは床に転がる。

「冷静になりなよ」モニカは襟を整える。「まずはクラウスさんに相談するだけだ。部下として当然の行動でしょ？　批難される謂れはない」

「けど、それは……」

なんの気休めにもならない。

ただ、問題を押し付けているだけだ。

「もし先生が命じたら、マティルダさんを通報するってこと？」

「だろうね。ボクたちが動くまでもない。陸軍に居場所を教えてやればいい」

「母親が拷問の末、殺されるかもしれない。それをアネットに受け入れろってこと？」

「そうだけど？」

軽々しく言ってのけるモニカの態度に、頭が沸騰しそうな激情に駆られる。

どうして彼女はここまで人の神経を逆撫でするのか。

何かが人として決定的に間違っている。

その衝動のままに、言葉をぶつけようとした時、別の声がかけられた。

「きっと……きっと、なの！」

エルナだった。

眉を歪め、泣きそうにしている。

「きっと、せんせいなら素晴らしい解決方法を思いつくの。お姉ちゃんたちがケンカしなくて済むアイデアを考えてくれるの」

「お、エルナが良い事言った」モニカが手を叩いた。「そうだよ。素晴らしい。クラウスさんのことだ。ボクたちには思いつかないパーフェクトな結論を導いてくれるよ」

「勝手なこと言わないでっ！」

耐えきれず、ティアは怒鳴っていた。

エルナの肩がびくっと揺れる。

「二人も分かっているでしょ？　根拠なんてどこにもないって」

可能性とすれば、もちろんあり得る。

誰もが納得する結論をクラウスが見出してくれる。なんて楽な未来だろう。

しかし――そうでなかったら？

屍を見下すクラウスの冷たい瞳を思い出す。

もちろんティアは、彼の仲間想いの側面も知っている。しかし、スパイとして正しい行動は、捕まえたスパイを容赦なく尋問にかけることだ。

マティルダを生かすのか、殺すのか――クラウスの判断は分からない。

これまでの『灯』で、ここまで繊細な問題に直面したことはない。結論が読めない。

迂闊にクラウスを頼れなかった。

「じゃあ、どうする？　見なかったフリをする？」

モニカが嘲るように笑う。

「それもいいかな。この様子だと、放っておいても陸軍が拘束してくれるかもね」

「っ！」

モニカが指摘したように、街には無数の陸軍が目を光らせていた。

拘束されるのは時間の問題だ。スパイの扱いは対外情報室も陸軍も変わらないはずだ。

マティルダは拷問の末、殺される。

「キミがまた甘い妄言を述べる前に、警告しておくよ」

モニカが言った。

「もしマティルダを援助すれば、それは祖国への裏切り。つまりは『灯』への裏切りだ」

「……っ」

「ま、一番に確認すべき相手はキミじゃないか」

口ごもるティアから視線を外し、モニカは無言の少女に目を向けた。

「アネット、当然理解しているよね？」

名指しされたアネットは能面のような無表情で立ち尽くしていた。

「俺様は……」

彼女の唇が動いた。

「俺様は…………」

何かを言おうとしている。しかし、それ以上の言葉が続かないようだ。

見ていられなかった。

モニカは残酷な決断を迫っている——母親を見捨てる覚悟はできているか、と。

「やめなさい」ティアは彼女の前に立った。「正論なのは認める。でもね、それは暴力よ。今の今告げられて『はい、そうですね』なんて普通言える？」

「じゃあアネットに免じて、一日猶予をあげるよ」

モニカはつまらなそうに息をつき、外出の支度を始めた。

情報収集に奔走するのだろう。空気を読んで、席を外す優しい性格ではない。

「けど、明日の夜には連絡を入れる。それがタイムリミットだ」

翌日の夜には、拠点に帰着する予定となっている。彼女が言う通り、それが期限だ。

「ティア、アネット、ぜひスパイとして正しい選択を」

モニカが最後に残した言葉には、首元を撫でるような冷ややかな感覚があった。

「裏切者とはいえ、仲間を始末するのは心苦しいからね」

それは初めて仲間からぶつけられた――殺気。

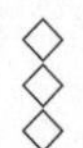

モニカが去った部屋で、ティアは息を吐いた。手近な椅子に腰を掛け、うなだれる。

（なんでこうなっちゃうのよ……）

過ちを犯した記憶はない。

精一杯やってきた。アネットと母親を引き合わせたのは、本人の幸せを思ってのためだが、『灯』のためという打算もあった。スパイとしての誇りを持ち、憧れの人が愛した国を守る最善を尽くしたのだ。

なのに自分が裏切者？　あまりにふざけている。

（なんで、モニカはいつも私より優位に立っているのよ……）

いや、この苛立ちは嫉妬か。

醜い八つ当たり。しかし、感じずにいられない。

どうしてチームに尽力する自分より、飄々とした彼女の方が器用に生きるのだろう。

雑念を振り払って、ティアは呟いた。

「……………………アネット」

我ながら疲労が滲んだ声だった。

「モニカの言葉も事実よ。これはアナタの問題。先生に相談するのもいいと思う。でも、その時はマティルダさんと二度と会えない可能性はあるわ。どうしたい？」

アネットの幸福を決めるのは、アネット自身でなくてはならない。

それは、今も変わらない考えだった。

「俺様は……」

アネットは口を開いた。さすがに普段のような元気はない。

「……もう一度、マティルダさんと会いたいです」

彼女の答えを聞いて、ティアは自分の判断に自信を取り戻す。

『分かりませんっ』や『どっちでもいいですっ』といった答えならば、落胆していた。

――アネットの心に、何かが芽生えている。

マティルダとの再会は、不運じゃない。

「うん。じゃあ、明日の朝にもう一度会いましょう」

アネットの髪を撫でつけて、優しく微笑みかける。

ようやく気分が落ち着き始めた。

部屋の隅で震えるエルナに「さっきは怒鳴って、ごめんね」と頭を下げる。

「ティアお姉ちゃん……」

しかし、彼女の恐れの要因は別にあるようだ。

泣きそうな瞳は、未来を予想したゆえか。

「もし、アネットがお母さんを助けたいと言ったら、どうするの……？」

ティアは口を閉ざす。何も答えられそうになかった。

マティルダの滞在先は、あまり褒められた施設ではないようだ。
調べたところ、フロントは海外からの旅行客にパスポートの確認もせず、滞在理由も追及しないようだ。宿泊料を前払いさせて、後は関与しない。訳ありの者が泊まるような施設だ。こんな場所にいれば、陸軍が突き止めるのも時間の問題か。
きっとモニカはホテルの連絡先を見て、察したのだろう。マティルダの秘密を。
ホテルに電話をかけ、マティルダを早朝の海辺に呼び出した。石畳で整備された綺麗な遊歩道。ジョギングする人を除けば、通行量は少ない。

ティアとアネットは約束の時間よりもかなり早めに出かけ、双眼鏡で港を観察した。

「俺様、港にたくさんの軍人どもが見えますっ」

いつもの純真な笑みで、アネットが報告する。一晩寝て、元気を取り戻したようだ。

「やっぱり港も封鎖されているようね……」

スパイ一人を捕らえるには、やけに大掛かりだ。

マティルダは脅威的なスパイなのだろうか。あるいは軍人が勇んでいるだけか。

考え続けていると、マティルダがやってきた。

「あっ、ティアさん。おはようございます」

「…………ん？」

マティルダが腰を低くして挨拶した瞬間、アネットが怪訝そうな顔をした。

何かと思ったら、彼女は腹に手を当てて唸りだす。

「俺様、お腹が減りましたっ。後で、パン屋さんに行きたいですっ」

ただ空腹だったらしい。ティアたちは彼女の提案を受け入れた。

海辺の歩道をアネットが先に歩き、少し遅れてティアたちが追いかける。

「あの、今日でティアさんは学校に戻っちゃうんですよね？」

マティルダが尋ねてきた。

「娘のこと、よろしくお願いしますね、わたしも仕事を片付けたら、訪ねてみます」

物腰柔らかに、頭を下げた。

彼女が言う仕事とはどんな意味だろうか。

恐れる気持ちがあるが、逃げ出す訳にはいかない。拳を握りしめ、自身を鼓舞させる。

遠回しに質問を重ねる時間は残されていない。

「単刀直入に言います。いえ、もう敬語は外すわ。これからは対等に話させて」

ティアはマティルダを見据えた。

「私の友達が、アナタのパスポートを見つけた。マティルダとは違う名義だったわ」

「――え」

「教えて。アナタ、もしかして他国のスパイなの？」

マティルダの顔が青ざめる。図星のようだ。

それから、ハッとした顔で左右を見回した。

「安心して。通報する気はないわ」ティアは、少なくともまだ、という本音を飲み込んだ。

「ただ、私はアナタの本心が聞きたいの」

軍人は、駅と港沿いに集まっており、その中間である海辺の遊歩道にはいない。

落ち着いて会話をするために、ここを選択したのだ。

「教えて。マティルダさん、アナタは何者なの？」

「ティ、ティアさんたちこそ何者なんですか？」

「誤魔化さないで。まず私の質問に答えて」

「…………………お察しの通りです」

観念したように彼女は息をついた。

「わたしはガルガド帝国のスパイです。娘の前で偽名を使えず、本名のマティルダを名乗りました。四年前に、娘と離れ離れになったのも本当です」

曰く、元々彼女は帝国の技師だったという。しかし夫に先立たれ、娘を養う収入がなくなると、副業としてスパイを志願した。他国の機械メーカーに雇用され、他国に潜入中のスパイに資金を運ぶ役割を担った。

「一人で行動するより、娘が共にいれば周囲に怪しまれずに済みました。けれど、まさかその最中に外国で鉄道事故に巻き込まれるなんて……」

「職場にアネットを連れていたというのは、そういう意味だったのね」

「はい。その後、わたしは娘が死んだものだと思い、無気力に生きました。流されるままにスパイを続けた……だから、破滅するんですよね」

自嘲するようにマティルダは笑った。

「仕事道具を盗まれ、狼狽えている間に、陸軍に包囲されて、この様です」

敵同士という立場であるが、あまりに運が悪い話だった。

「あの、でも、ティアさん。誤解しないでくださいね」

「ええ。何をかしら」

「確かに嘘をついていましたけど、あの子と再会した時、奇跡って思えた話は真実です。娘を引き取りたいという気持ちも本心ですよ」

「……本当なの？　アナタが愛する娘と、今ここにいるアネットは別人では？」

ティアはあえて意地悪く尋ねた。

「彼女は記憶をなくしているわ。四年の月日だって流れている」

「いいえ、月日なんて関係ないですよ」

マティルダは微笑んだ。

「──あの子は変わっていない。少し性格が違っても、記憶がなくても、わたしの娘」

マティルダは柔らかな視線を、先を歩くアネットに向けた。

彼女の言葉は、前を進むアネットにも聞こえたのかもしれない。ぴくっと頭が動いた。

マティルダはくすりと笑った。

「約束します。本国に戻ったら、わたしはスパイを引退します。娘と一緒に、平和に暮ら

します――二度と離れ離れにならないように」

ティアは指先を擦り動かし、感情の置き場を捜した。

幸せなことだ。望ましいはずだ。記憶も出自もなくしたアネットが、母からの愛情を受けようとしている。胸がざわつくのは、マティルダが帝国のスパイだからか――。

一つだけ確認したかった。

「でも、そもそも無事に帰国できるの？　アナタ」

「それは……」

マティルダは肺の空気を出し切るような、大きなため息をついた。

「……どうしたらいいんですかねぇ？」

「アナタ、スパイとしてどうなのよ……」

「わたしはただの運び屋で、人も殺したことがない未熟者なんですよ……何度も本国に救援要請をしているんですが、無視されています……どうやら見捨てられたみたいです」

諦念に満ちた虚しい呟きだった。

「実は、もう猶予もないんです。明日、一か八かの賭けに出る予定です。このままじゃ陸軍に見つかってしまいますから」

マティルダはぐっと拳を握り込んだ。

「でも、あの子と一緒に暮らす未来が待っているなら、頑張れますよ」

「………そうですか」

ティアは気の抜けた返事をした。

食欲が湧かない、と言い張り、ティアはパン屋に入らなかった。外のベンチに腰をかけ、一人息をつく。親子仲良くパンを選ぶ光景を遠くから眺める。

ティアは自身の膝の震えに気が付いた。

恐れているのだ。自身が踏み入れようとしている過ちに。

(マティルダさんが悪人だったらよかったのに……なんて思っちゃうのは最低よね……)

八方塞がりだ。このままではマティルダは拷問にかけられ、殺される。

では、自分がマティルダを助けようとしたら——。

(そうしたら、私はモニカに殺される……裏切者として)

——メンバーのズレがチームの鍵だ。

クラウスの言葉だ。いや、それは『紅炉』の受け売りといったか。

(そんなの嘘よ……価値観がバラバラな人間がいたら、チームは壊れるだけ)

一体あの紅髪のスパイは、何を考え、そう語ったのか。

（どうしたらいいのよ、紅炉さん……）

改めて想いを馳せる。

自身の憧れ、そして、クラウスを導いた『焔』のボスのことを——。

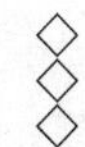

その少女は、さる新聞社の社長の令嬢だった。

産業革命時から百年間以上、栄えてきた大手企業だ。ディン共和国では二番目に歴史が古く、保守派のインテリ層を中心に買い支えられている。戦後、抜本的な改革を求めて勢いづく左翼派を批難し、活発な議論を生む一助となっている。

だから誘拐された。少女が十一歳の時だ。

新聞は、ラジオと双璧をなす大手メディア。少女の親は、世論を変え得るだけの信頼を握っていた。外国のスパイが、娘を狙う理由としては十分だった。

そして絶望を味わった。

誘拐された少女は二週間以上、監禁された。檻に入れられた動物のように扱われた。身

包みを剝がされ、下着一枚で冷たい床に倒れる。部屋は異臭が充満していた。隅のバケツに排泄物を垂れ流しにしているせいだ。最初は少女の肢体を見て、下品な笑みを見せていた食料係の男も、近頃は忌避の目を向け、一日一度、パンと水を投げ入れるだけになった。二週間風呂に入らない身体は、よほど汚らしく見えたのだろう。

——死にたい。

花よ蝶よと育てられた少女には、耐えがたい苦痛だった。

部屋の外からは、耳慣れない言語が聞こえてくる。外国まで拉致されたようだ。自国の警察や軍人が助けにくる見込みはない。ここはもう祖国の権力が及ばない地なのだ。

——お終いだ。

涙さえ枯れ尽きた頃、部屋の外から誰かの視線を感じた。会話が聞こえてくる。少年と女性のようだが、うまく聞き取れない。だからなんだというのだ。自分はどうせ死ぬというのに。ただ目を閉じる。

直後、轟音が生まれた。世界を根底から覆すような暴力の声だった。

唖然とする。

しばらくして扉が開かれた時、そこには紅髪の女性が立っていた。長く伸ばされた髪は揺れ、鮮烈な色と相まり、まるで炎のように感じさせる。年齢不詳の美しい女性だった。

「――っ」

少女が驚愕したのは、その女性の存在だけでなく、彼女の後ろに見える惨状。

十人の男の惨死体があった。

少女を監禁した男たちは全員顔面を砕かれていた。圧倒的な武力に蹂躙されたのだ。リーダーらしき男の頭部には、一本のバールが突き刺さっていた。

『アナタが――ちゃん？』

紅髪の女性は語り掛けてくる。

凄惨な現場に立ちながら、彼女の身体に返り血はなかった。自然と恐怖は感じない。

少女は小さく頷く。

『うん。今、私の仲間がね、敵さんの隠れ家に突っ込んでいるわ。きっと誘拐を手引きした黒幕がいるはず。判明するまでアナタを匿うわ』

沈黙。

『喋れないの？』

頷く。

『そう。誘拐のショックかな』

頷く。

『なんでもいいから、頭の中で文章を思い浮かべて』

――この人は何を言っているんだろう。

『この人は何を言っているんだろう――そんな顔しているわ。間違いない？』

――え。

『幸い、似た経験はあるの。何年か前に、読み書きも会話もできない少年を仲間が拾ってね。出会った頃は、表情を見てコミュニケーションを取っていたわ』

――そうなんだ。

『ま、甘やかしすぎた結果、今でもその子は会話が苦手なんだけどね』

不思議な女性だった。極限状態にいたのに、自然と緊張感が解れていく。

『…………』

紅髪の女性は、不思議そうに少女を見つめた。

『私たちは職業柄、表情を読むのは得意だけど、アナタも何か特別な力を持ってない？』

――やっぱり分かるんだ。

――見つめ合えば、人の心を少し読める。

『ふぅん、とてもすごいわね』

――でも、あまり使わない。気味悪がられるから。

『だったら、私の心を読んでみて？』

――いいの？

『だって気になるじゃない？　どんなものなのか』

紅髪の女性は少女の前にしゃがみ込み、視線を合わせてきた。少女の身体は不潔だったはずだが、彼女は何一つ嫌な心をしない。

三秒間見つめ合った後、愕然としたのは少女の方だった。

――スゴイ綺麗な心。

『そう、嬉しいわ』

少女が感じ取ったのは、人々を想う、どこまでも純粋な野望だった。

――アナタは何者なの。どうして駆けつけられたの。

紅髪の女性は、薄く微笑んだ。

『私はスパイよ。アナタを守るためなら、なんだってできるわ』

それが、後にティアと名を得る少女と『紅炉』との出会いだった。

少女は安全な家に移されて、十日間ほどその女性と過ごした。

彼女には仲間も何人かいたようだが、なぜか少女の前には姿を見せなかった。部屋の外からケンカする声は聞こえてきたので、数名いるはずだが、決してティアの元には訪れない。全ての世話は、紅髪の女性がしてくれた。

少女が退屈すると、彼女は訪れ、スパイの話を聞かせてくれた。

機密情報だろうと彼女はあけすけに語った。影の戦争、『焔』という組織、挑戦した任務、三年前に加入した無口な少年がいかに早く成長したか。

ティアからの質問もよく答えてくれた。紅髪の女性は、ティアが一切喋らずとも、質問内容を汲み取る能力まで持っていた。

——アナタはなんのためにスパイをするの？

紅髪の女性は口元に手を当て、少し悩んだ後、呟いた。

『戦争を次のステップに進ませるため、かな？』

——よく分からない。

——戦争は終わったんじゃないの？

『ううん、戦争は終わらない。争いが人類史から消えることはない。闘争は生物の宿命だもの。けどね、人類の場合、闘争の姿を変えることができるの』

——変える？

『ルールが変わる。戦争は、ある規則の元に行われるゲーム的な側面がある。人類史は、そのルール改正の繰り返し。領土という概念が生まれ、国境が生まれた。主権国家が生まれた。条約が生まれた。国際法が生まれた。その枠組みの中で、人類は闘争を繰り返す』

──なんだかスポーツみたい。

『あまり簡単に括るのは、戦争の犠牲者に失礼だけどね。でも、その通り。闘争に疲弊し、人類は新たなルールを取り決める。世界大戦は終わり、スパイによる戦争が始まる。いつかこの戦争も姿を変える。争い争い争い争い争って、争い尽くした果てにね』

紅髪の女性は唇を舐めた。

『逆に、スパイが争うことをやめた時、それは殺戮と虐殺の時代に戻ってしまう』

──争いをやめれば世界大戦はもう一度起こる？

『それを阻止するのが、私の役目ね』

──スゴイ。世界を救うんだ。

『うん。私はね、実はスパイじゃなくヒーローになりたかったのよ』

──ヒーロー？

『スパイが救えるのは自国民だけだもの。ヒーローはより多くの人を救うでしょ？』

その誇らしげな声に、気づけば呟いていた。

自身の声帯を震わせて――『私もアナタみたいに……なりたい、わ？』と。

『あら、声が戻ったの？』

紅髪の女性は目を細めた。

『もしかして私の口調を真似た？』

――アナタの口調なら、声を取り戻せそうだったから。

――これでアナタに近づける……？

『…………』

からかっているみたいで、怒られるだろうか。

紅髪の女性は深く頷き、頭を撫でてくれた。

『アナタなら、私を超えられるわよ』彼女の唇が言葉を紡ぐ。『なら、ほんの少しだけど、私直々に指導してあげなくちゃね』

少女はその手の温かみを感じ取ることに夢中になった。

過去の一時を思い出すと、ティアは自然と微笑んでいた。

（今思うと優しいだけじゃなく、ちょっと過激な人だったかも……）

成長した今となっても、ティア自身、彼女の思想の全てを理解できない。争い、と彼女は強調した。人を愛しながらも時に殺人も厭わない。しかし、根底にあるのは、より多くの人々を救う野望。その矛盾とどう向き合ってきたのか。

彼女を想う時、抱くのは憧憬の情。

理想のため、大きな責任を背負い、突き進む姿に焦がれる——。

優しさや綺麗事だけでは、世界を変えられない。自分にはない勇ましさ。

「ティアの姉貴っ」

思い出に浸っていると、目の前にアネットがいた。

マティルダとの会話は終わったようだ。遠くでティアに向けて、手を振って去る姿が見える。もう親子の時間は終わったのか。

「俺様からの褒美ですっ」

アネットがティアの口に何か押し込んできた。

チョコデニッシュらしい。パン屋でテイクアウトしたようだ。

「姉貴には感謝です。俺様が褒めて遣わしますっ」

窒息しかねないので、デニッシュを無理やり飲み込んだ。

「ありがと……ということは、うまくお話できたのね」

「姉貴のおかげですっ」

アネットは嬉しそうにティアの横に腰をかけた。小さくなるマティルダの背をいまだ目で追っている。

「ねぇ、アネット」

「ん？」

「実は、私もね、両親と離れ離れになった時期があるのよ。四週間だけね」

もちろん、アネットの事情に比べれば、大した悲劇ではないだろう。『灯』には、自分より不遇な境遇にある少女が多くいる。

しかし、あの孤独の恐怖は胸に刺さり続けている。

解放してくれたヒーローの光が、胸に残るように。

「それがどうかしましたっ？」

「ううん、なんでもない」

わざわざアネットに聞かせる話ではなかった。押しつけがましい。

アネットの問題に、自分の過去など関係ないのだ。

「じゃあ、答えを聞かせて」

ティアは、アネットの手を握った。

「どうしたい？　マティルダさんを助けたい。それとも——」

大通りから怒号が聞こえた。

視界の先では、緊急車両と警官が駆けていく光景が見えた。

（……事件？　何か起こったのかしら？）

別に動揺することはない。

この街では、凶悪事件なんてものは頻繁に起きている。

「……っ」

アネットが目を見開いていた。

その驚愕の表情の真意を察して、ティアは答えた。

「大丈夫よ、アネット」優しく手を摩る。「マティルダさんのホテルとは別方向」

「………………」

「心配なのね、いいと思う」

その沈黙で、彼女の答えは分かった。マティルダを見放す真似はできないだろう。

ティアは、アネットの頭を撫でた。

「アナタはアナタが想うがままに行動すればいいわ」

「姉貴は――」

一瞬、彼女の言葉が詰まった。

「どうして俺様のために動いてくれるんですか？」

いくつもの答えが頭をよぎった。

自身の行動は、モニカにも散々呆れられていた。

仲間だから？　憧れがあるから？　社会的な通念に従って？

いいや。もはや、そんな取り繕ったような言葉では自身の情動を説明できない。

「アナタを見ていると、私が『そうしたい』と思うからよ」

この気持ちは、自身の根源から湧き起こる。目を背けることなど決してできない。

「ワガママを聞かせて？　私が受け止めてあげるから」

アネットは大きく息を吸い込んだ。

「俺様、お母さんを助けたいですっ！」

叫んだ答えに、ティアは深く頷いた。

「うん。後は私がなんとかする」

大きな決断をアネットはしてくれた。十四歳の少女が背負うには、過酷すぎる選択を。

だから、ここからは自分の仕事。

この八方塞がりの悪夢を打破しろ。理想のヒーローのように、仲間を救ってみせろ。

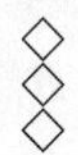

大型ホテルが立ち並ぶ足元には、飲食店が密集していた。

通りに面している店は華やかなレストランが多いが、一本路地に入ると怪しげな店も増えてくる。浮かれた観光客を目当てにしたクラブから怪しげなドラッグショップ。道端には捨てられたタバコが散乱し、鼻につく臭いが漂っている。

深夜を回ろうと、いまだ明かりが灯る店は多くあった。店内には女を口説き落とそうとする者、裏カジノで一生に一度のギャンブルにでる者もいるのだろう。

そんな人間たちに、ティアは奇妙な共感を抱いていた。

ホテルから抜け出して、モニカと通りを進む。

今晩は一流ホテルではなく、格安の宿泊施設に泊まった。身を隠す理由もあるが、散財

しすぎた懐の事情だったりする。深夜に抜け出す少女を不審がる者はいなかった。

「どこまで連れていく気？」

モニカに睨まれる。

ほんの十分前、彼女に威圧されたばかりだった。

ホテルの寝室で、銃口を向けられ「『灯』を裏切るの？」と尋ねられた。

寝かしつけたエルナたちを起こしてしまうから、とモニカに場所の移動を提案して、二人は人気のない方向へ進んでいる。

やがて誰の姿もない路地に辿り着く。

頼りない明かりを落とす照明の下、ティアは口を開いた。

「——話し合いましょう」

ビルとビルの狭間にある幅二メートルの通りだ。

ティアの高い声が、ビルの壁を反射してよく響いた。

「……落胆した」

モニカは手を空に向けた。

「ま、キミができることなんて、それぐらいか」

「私ね、両方とも間違ってないと思うのよ」

モニカと向き合い、ティアは言葉を紡ぐ。

「私たちにはお互い譲れないものがあって、それに従っている。私は規律を曲げてでも救うべき人は救いたい。アナタは例外を認めず、組織のために正しい行動をする。ね？　立場が違うだけなのよ。尊重し合いましょう」

「伝えたいことは、それだけ？　だから何、っていうレベルだけど」

モニカは退屈そうに首を曲げた。

「で、決断したの？　マティルダさんを通報するか、チームを裏切るのか」

自身に突き付けられた悪夢の二択。

前者を選べばアネットの想いを犠牲にし、後者は我が身を滅ぼす。

どちらも回避する方法は、一つ。

「もう一つの選択肢」

「は？」

「簡単な話よ。アナタを屈服させる。アナタの口さえ封じれば、私たちはマティルダさんを引き渡さなくて済むし、私の背反は表沙汰にならない」

ティアは優艶に告げる。

「私たちは両者正しい。なら道は一つよ——決闘をしましょう」

ティアが決めた道だ。

——モニカを倒す。自らの手で。

仮に彼女が決闘を断ったら。問答無用で襲う。

退かない覚悟を持って、ここに臨んでいた。

「五十点」

モニカは口元を歪めた。

楽しんでいるような余裕の表情だった。

「いいね、ティア。初めてキミを評価するよ」

モニカは懐からゴムボールを取り出した。三個の球体を右手の指で挟むように持ち、左手には小刀を構える。

「不意討ちなら五点加点だった。正面からボクに勝つ気？」

モニカが目を細める。

「先生が出した試験を達成したのは誰のおかげ？　キミが震えるしかできなかった『屍』に立ち向かえたのは誰？　マティルダさんの正体に気づいたのは？」

「……アナタの実力は知っている。だから、まず話し合いを――」

「そんな余裕が許される実力差じゃないよ、クソザコが」

「――っ」

同年代とは思えない気迫に、ティアは背筋が寒くなった。

（……本当に敵に回したくなかったわ）

彼女の底知れ無さは、飄々とした性格や抜きんでた能力だけではない。

モニカの特技は――不明なのだ。

『灯』の少女は一点突破型。毒、変装、窃盗など、一流スパイでも真似できないスキルを持っている。当然、モニカも特技を所有するはずだ。

しかし、彼女はそれを明かさない。

仲間には明かさず、なぜかクラウスも秘匿を認めている。

その例外を受け入れられる程、彼女の実力が勝っている証左であるが。

「なら、容赦なくいかせてもらうわ」

ティアは微笑んで、指をパチンと鳴らした。

仲間同士の決闘が始まる。

ティアの初手――それは一歩身を引いて、男の背に隠れることだった。

「悪いな、嬢ちゃん。女王様の命令なんだ」

「は？」

路地裏に屈強な男が二人登場した。

ちょうどモニカを挟む位置に、二人の大柄な男が姿を見せる。ティアが昼間のうちに交渉し、手駒に加えた助っ人だった。職業は、ギャングのボディガードらしい。男たちは鉄パイプを片手に構えて、下品な笑みを浮かべている。

「あのさぁ、キミ……」

モニカが呆れの視線を向けてくる。

「ボクが知る決闘に、男二人呼んで敵を袋叩きにする発想はないんだけど？」

「手加減が許されない実力差なんでしょ？」

「クソビッチめ」

「褒め言葉として受け取っておくわ」

モニカとは格闘では太刀打ちできない。

だから、あらゆる策を尽くす。男の一人の背中を優しく愛撫し、ティアは囁いた。

「さ、上手に襲えた方にご褒美よ。チーくんは、私が保母さんになって赤ちゃん言葉であやしてあげる。ゆーくんは、三日間履き潰したブーツで、全身踏みにじってあげる。忘れ

ないで。誰にも言えない欲望——全部見抜いて叶えられるのは、私だけよ？」

二人の男は雷に打たれたように身体を震えさせ、鉄パイプを構えた。

「っ！　ド変態共がっ！」

モニカの悲鳴を無視して、男たちは襲い掛かる。

鉄パイプを振る男による挟み撃ち。普通の人間なら、怪我どころでは済まない。

大声こそ上げたが、モニカは冷静だった。鉄パイプを振るう男に飛び込んでいく。

手にしたゴムボールを壁に投げつける。黒いボールは闇に溶け込み、消え、次にティアが視認したのは、別々にバウンドしていたボールが男たちの側頭部を正確に撃ち抜いた瞬間だった。

死角からの攻撃に男が驚愕した隙を、モニカは見逃さない。

小刀の柄で男の顎を正確に叩いた。

「まず一人」

魔法のような一撃だった。

モニカの宣言通り、男は後方に弾かれて、仰向けに倒れる。そのまま意識を失った。

そのモニカの背後から、もう一人の男が襲い掛かる。しかし、再び跳ね返ったゴムボールに顔面を射貫かれ、踏み込みを緩めてしまう。鉄パイプの攻撃を避けられて、モニカに

腹を蹴り飛ばされていた。
その規格外の技術を、ティアは離れた場所で観察し、愕然とした。
（なに、あのボール……まるで吸い込まれるように、敵に当たっていく……）
アネットが作製した特注品。
鉄を内蔵したゴムボール。
軽やかに弾み、当たれば重々しい一撃を与える投擲武器のようだが――。
（普通に考えて、弾ませて直撃は不可能でしょう……っ）
まっすぐぶつけるなら、まだ分かる。
しかし、モニカは二回以上バウンドさせて、男の死角から攻撃していた。
彼女の特技は不明だが、その片鱗は理解できた。
――角度、反射、タイミング、それを完璧に導き出す演算能力と精密動作。
「どんな頭脳とコントロールしているのよ……！」
想定を超える実力だ。
腹を蹴られた男は勇猛果敢に挑んでいく。
「女王様のためにっ！」
「キミらの特殊プレイに付き合わせんな」

だが、彼は見えない壁にぶつかったように動きを止めた。

何が起きたのか分からない顔をしている。ティアも分からなかった。

闇に包まれた路地で、線のような物が街灯の明かりを反射している。ワイヤーだ。それが、男の腕を搦め捕っている。既に右腕と左足を拘束されて、動くに動けないのだ。

ワイヤーは鉄球に結んでいたのだろう。壁や地面を反射するゴムボールが、いつの間にか網を張っていた。

蜘蛛の巣にかかる蝶のように、男は身を震わせるしかできない。

「はい、終わり」

モニカが小刀の柄で男の顎を打って、二人目の男も撃沈させた。

ものの一分で、大の男を二人薙ぎ倒してしまった。

「……確認するけど、キミの策はこれだけ？」

モニカは散らばったゴムボールを回収していく。

「なら、勝負にもならないな。いいよ。遠慮なく拳銃でも使ったら？」

「言ってくれるわね……」

軍人が多く滞在する街で、発砲する訳にはいかない。それに、ティアが用意していた策はこれだけではない。

敵に背を向け、全速力で駆けだした。相手を誘導する必要がある。

予想通り、モニカは走るティアを追いかけてきた。罠を察していないはずがないが、正面から破る気なのだろう。引くことを彼女のプライドが許すはずがない。

身体能力は、モニカが勝っている。

追い付かれる寸前、ティアは道に露出した水道管をナイフの峰で叩いた。僅かな振動で水道管は裂け、後方にいるモニカに突如、水が噴射される。

「――っ」

モニカの舌打ちが聞こえた。

瞬時にモニカは後方に下がり、水を回避する。

「……そうだった。キミはエルナを手駒にしていたね」

「協力って言って頂戴」

壊れる直前の水道管――街に潜む不幸は、エルナが網羅している。時に身をもって。

「そして、アネットもね」

ティアはポケットに忍ばせたスイッチを押した。

次の瞬間、モニカの足元に置かれた煉瓦――に擬態した爆弾が炸裂した。細かい石の破片が散弾銃のように彼女に襲い掛かる。

モニカは纏うフードをまるでマントのように翻し、うまく小石をいなした。

惜しかった。もう少しでモニカを負傷させられた。

だが、構わない。エルナとアネットが用意した策はまだ山ほどある。

「実質、三対一よ。アネットとエルナの力を堪能しなさい」

モニカは服の汚れを払いながら「厄介だね」と呟いた。

卑怯とは思わない。

多くの人間に交渉を持ち掛け、仲間に加える——それがティアの闘い方だ。

準備は終わっている。煉瓦に擬態した爆弾、少しの振動で壊れる水道管、ドラム缶に仕込んだガス兵器、獰猛なネズミが蠢く排水溝——二人の強力な仲間を得たティアは、この路地において圧倒的に優位に振る舞える。

「降参しなさい。私だってアナタを怪我させたくはないわ」

「んー？　とりあえず挑戦してみたいけどね」

モニカは微塵も表情を崩さない。

降参する気はないようだ。圧倒的に不利であるにもかかわらず。

「……正直、私にはアナタが抵抗する理由の方が分からないわ」

ティアは苦々しく呟いた。

それは何の駆け引きにもならない、率直な気持ちだった。

彼女の態度には、スパイの情熱を感じられない。

あるのは仲間を小馬鹿にする、捻くれた言動ばかり。

「仲間を見下して、ケンカばかり売って、厳しい正論ばっかり振りかざして――」

ティアは睨みつけた。

「――アナタは、何のために『灯』にいるの？」

「なんでボクより弱い奴に教えなきゃいけない訳？」

真剣にぶつけた疑問にも応じず、モニカは軽く腕を振るった。袖口から何かが現れ、モニカの手に収まり、彼女はそれを無駄のないモーションで投擲する。

（また、反射を利用した攻撃……？）

ゴムボールを使って、死角から攻撃するのだろうか。

（でも、それは何度も見た……もう私には通じない……）

ティアは身構えつつ、手元のリモコンに触れた。

「やめなさい。これ以上抵抗するなら罠を起動させ――」

「無駄、もう全部見えてる」

アネットの爆弾が炸裂するよりも僅かに早く、モニカは回避行動を取っていた。

——先読み。そうとしか思えない動きだった。
理由は分からないが、モニカの攻撃パターンが変わったのだと悟る。
——すぐに離れなければ。
ティアが再度身を翻した瞬間、視界に見慣れない物が飛び込んできた。
(鏡？)
路地の壁に突き刺さるように、一枚の鏡が留まっている。
つい数秒前にはなかったはず。モニカが投げたものだろう。
(そうか。モニカはこれで罠の位置を把握して——)
思考は強制的に中断された。
視界が突如、真っ白に染まった。光だ。鏡に反射した強い閃光が目に飛び込んできた。
(鏡の反射角度を計算して——っ！)
目が眩み、足をとめてしまう。
次に襲われたのは、腹部への衝撃。
「終わり。全然ダメだね」
モニカの拳が、ティアのみぞおちに突き刺さっていた。追い付かれたのだ。
リモコンを取り落とす。力が抜けて、ティアの身体は路地に崩れ落ちた。

――強すぎる。

反射を利用した攻撃手段、索敵手段の多さ。手数が段違いだ。

ティアは腹を押さえ、荒い呼吸を繰り返し、激痛を堪えるしかできなかった。

「銃くらい使ってほしかったな」モニカの退屈そうな声が、頭上から聞こえた。「これじゃあ、訓練にもならない」

「訓練……？」

「むしゃくしゃしていたんだよ。ほら、屍さんに勝てなかったから」

唖然とする。

任務達成に安堵していたティアに対し、モニカは悔しさを抱いていたのか。

（……私とは立っている場所が違うんだ）

歯を食いしばった。

これだけ事前に準備を重ねても、相手にならない。

けれど、まだ諦める訳にはいかなかった。

（逃げなきゃ……実力を見誤りすぎていた。こんな方法じゃ勝てない……）

這いつくばる姿勢のままナイフを振るい、モニカの足を狙う。当然回避されるが、あくまで牽制だ。

ティアは足に力を入れて、立ち上がった。少しでもモニカから距離を取らなくては。

直後、万力のような強さで腕を掴まれる。骨が軋むような錯覚さえ覚えた。

「逃げ切れるとでも？」

慈悲はなかった。

腕を引っ張られ、壁に叩きつけられる。頭を打ち、意識が朦朧としてきた。身体に力が入らず、再び地面に崩れ落ちた。

勝ち目がない。モニカの実力は『灯』の中でも図抜けている。

智略ならグレーテに分があるが、格闘に持ち込まれて完敗するだろう。純粋な格闘ならジビアが上だろうが、騙し合いに引きずり込まれて敵わないはずだ。

弱点がない抜群の総合力。

――落ちこぼれ集団を牽引する絶対的エース。

――『灯』最強の少女。

「……だからこそ、アナタには認めてほしいのよっ」

思わず声が漏れていた。

「アナタの力を一番認めているのは、私なんだから……っ」

「情に訴える気？　哀れだね」

決死の言葉も、彼女には通じない。どうしたらいい。
負ければ、アネットの想いは踏みにじられる。彼女の母親は殺される。
だが、立つのもやっとの状況だ。打開策が存在しない。
「……まだ抵抗を続ける？　勝敗は決したでしょ」
モニカは冷たい視線を向けてくる。
「それとも――本当に殺されなきゃ理解できない訳？」
身体の芯から凍り付くような殺気だった。
膝が震え、涙が出そうになってくる。
（とにかく距離を取って……今度こそ罠にかけないと――）
そう思考した時、ある陰鬱な声が脳裏によぎった。
――引くんだ、そこで。情けない。
嘲笑う屍の声。
そうだ、強大な敵に対して、ティアは怯えることしかできなかった。
――キミは自分にも甘いよね。
以前、モニカからも辛辣な言葉をかけられた。
紛れもない事実だった。ティアの心は弱すぎる。

（……仕方ないじゃない。モニカと違って、私には武器がないんだもの）
この実力差を覆す技術はない。
三秒見つめ合う？　そんな悠長な時間を戦闘中の敵が許してくれるとでも？
――その特技を磨けば、アナタは誰よりも強いスパイになれる。
次に響いたのは、紅炉の声。
「…………っ」
――ヒーローを目指し続けなさい。
唇を噛み締めていた。
何かが自身の中で起き上がる感覚があった。
――お前はメンタルが脆い時があるな。
最後に響いたのは、クラウスの言葉。
心が折れかけたティアに彼はアドバイスを残した。
――対立を楽しめ。
そうだ、彼は告げたのだ。
――お前は正面から仲間とぶつかるべきだ。
「―――――！」

自身を発奮させる。

ティアは再び足に力を籠め、モニカの首に両腕を伸ばした。

「ふうん、首を絞める気？」

モニカを少し驚かせることに成功したようだ。が、あっさり対処される。

「力比べじゃ負けないよ」

ティアの両手首を、モニカにキャッチされた。

互いの両腕が繋がり、腕力だけで押し合う姿勢となる。

だが、ティアの力ではモニカの体幹を揺さぶることもできない。首に触れることさえできない。両腕に最大の力を籠めるが、微塵もモニカの首には近づけない。

「いい加減に諦めたら、どう？　クソビッチめ」

「……ヒーローは諦めないのよ」

両腕が震えだした時、ティアは小さく笑みを浮かべていた。

攻略法は既に見つけていた。

モニカの予想を超えること。そして、ぶつかり合うこと。

二つを両立させる武器は、自分の中にある。紅炉の導きに従い、磨き続けていたのだ。

「ビッチを敵に回したことを後悔しなさい」

正面からぶつかり合え。

腕の力が限界を迎えた時、ティアは決断を下した。

「コードネーム『夢語』——惹き壊す時間よ」

腕に籠めた力を抜いた。

両腕を大きく広げ、ティアは頭からモニカの顔に飛び込んでいった。

頭突きではない。

鼻と鼻をぶつけ合うように——ティアはモニカと唇を重ねた。

「————っ！」

モニカが目を見開いた。

恋人がするような、目を閉じるロマンチックなキスではない。突然に唇を奪われれば、誰だって目を見開く。特に鼻と鼻同士が衝突するような痛みを伴う口づけならば。

確実に視線は合わさる！

さすがのモニカも混乱しているようだ。身体が硬直する。

数瞬後、モニカは暴れ出したが、ティアは渾身の力で彼女の顔を摑んだ。

やがてモニカの強烈なパワーに突き飛ばされ、ティアの身体は壁に叩きつけられた。

「コロスコロスコロスコロスコロスコロスコロスコロスコロスコロスコロス」

唇を拭いながら、モニカは早口に言葉を並べる。

「殺すっ！」

決闘では用いなかった銃を取り出し、ティアに銃口をつきつけてきた。

ティアは壁に背中をつけ、地面に座り込んでいた。

もう動けない。全身の力を使い切った。もしモニカが本気で発砲しても、ティアには止められない。命を落とし、薄汚い裏切者として処分されるだろう。

だが恐れはない。勝負は決まったのだ。

「ねぇ、アナタ――」

ティアは口を開いた。

「――恋をしているの？」

モニカの身体が停止した。

まるで時間が止まったように、彼女は硬直する。

「………おい」うわ言のような声が漏れる。「もしかして――」

その動揺(どうよう)がおかしくて、ティアはくすりと笑った。

ようやく近づけた、彼女の心に。

何重にも隠(かく)し守られていた、モニカの核(かく)に。

「まったく、ヒントなんてあったかしら？　恋愛(れんあい)小説？　ううん、違うわ」

彼女の振る舞(ま)いを思い出し、首を横に振る。

「アナタは徹底(てってい)的に隠していたのね。その大切な恋心を、誰にも悟(さと)られぬよう、気づかれぬよう秘め続けてきた。なぜか？　決まっているわ。相手は近くにいるからよ」

三秒間見つめ合うことに成功した。

そこでティアが見たのは、普段(ふだん)の彼女からは想像のつかない感情。秘められた願望。

モニカの顔が絶望の色に染まっていく。

「ようやく人間らしい表情を見せるじゃない。そっちの顔の方が素敵よ」

ティアは告げた。

「アナタは『灯』の誰かに恋をしているのね？」

モニカがぼそりと呟いた。

「殺す……」

零れ落ちるように出た呟き。

その脅しに対する怯えはもう消えた。

「無理よ。その人が哀しむでしょう？」

モニカの言葉は、ただの駆け引きだ。

彼女はティアを殺す気など毛頭ない。本気で捉える必要がない。

「アナタがマティルダさんを排除したい動機は、『灯』――想い人の居場所を守るためだったのね。肩入れすれば、『灯』が帝国のスパイを幇助したと思われかねないから」

モニカがマティルダの拘束にこだわった理由だ。

ただ冷淡に機械的な判断を下しているだけかと思っていた。違う。彼女が最優先したのは、ずっと一人のメンバーだったのだ。

『灯』を維持するために、合理的な判断を下す――それがモニカの信条。

ティアは頷いた。

「とても一途な恋心ね」

次の瞬間、モニカが飛び掛かってきた。

首を摑まれて、強引に声を封じられた。

先ほどよりも尚凄まじい怒気を放ち、モニカが首を絞め上げてくる。

「それ以上」ドスの利いた声だった。「――ボクの心に踏み込むな」

怒号にも悲鳴にも感じられた。

「……………ええ、もう止める」

首の圧迫が緩んだ時、ティアは認めた。

彼女は恋心をひた隠しにしていた。その気持ちは尊重したい。

「だから協力してよ」

「……っ」

「アナタの想いも尊重する。だから、私の想いも考えて」

言葉をぶつけ続ける。

「アナタが想う人は、一体どんな選択を望むと思う？　ここでマティルダさんを見捨てることに、本当に賛成すると思う？」

「………………………………」

モニカは口を閉ざした。

ティアの首から手を離して、ただ立ち尽くしている。

もしモニカが拒否した場合、ティアは彼女の恋心を弱味に用いて、脅迫するしかない。あるいは、逆上したモニカに殺されるか。その場合、仲間殺しの罪を負う彼女は、恋を叶えることはできないだろう。

立場は対等だ。争い、ぶつかり合うことで、ようやく辿り着けた関係。

「…………………………………………くそっ」

長い沈黙があり、その果てに悔しそうな声が聞こえてきた。

耳を傾けていなければ、聞き取れないほど微かな呟き。

「……一個目の条件」

モニカは深く息を吐いた。指を一本立てる。

「ボクの秘密を誰にも話すな」

「もちろん。二度と話題に出さないし、誰かも詮索しない」

気になる話題だが我慢するべきだろう。

モニカは二本目の指を立てた。

「二個目、キミの行為が陸軍に露呈しかけた場合、ボクは即刻マティルダを陸軍に引き渡す。これも絶対に譲れない。『灯』を守るためだ」

「ええ、ぜひお願いするわ」

むしろモニカに監視(かんし)してほしい部分だ。

モニカは三本目の指を立てる。

「三個目」

「条件、多いわね」

「……あれだ」

「ん？」

「ええと、ま、そういうこと。分かるでしょ？」

途端(とたん)に歯切れが悪くなった。

「え、分からないわよ。なに？ ハッキリ言って頂戴(ちょうだい)」

モニカの頬(ほお)が微妙(びみょう)に紅潮している。

やがて気まずそうに口にした。

「…………ボクとキスしたこと、誰(だれ)にも言わないこと」

ティアは噴(ふ)き出したい衝動(しょうどう)を堪(こら)えた。

中々ないレアな声を聞いた気がする。

「……検討するわ」

「もう一戦交えようか？」

「冗談よ。もう一度アナタと闘ったら、次こそ殺されるもの」

「三つの条件が守れるのなら」モニカは息をついた。「いいよ、ボクは降参してあげる」

彼女は両手を挙げた。

「――極上だね」

なぜかクラウスの口調を真似た。

ティアは息をついて、夜空を見上げた。どっと疲れた。

モニカを上回れた実感はなかった。

準備を積み重ねて、場所も時間も定めて、自分に有利な状況で、ようやく交渉のテーブルに持ち込めただけだ。戦いの最中、相手は明らかに全力を出していなかった。

しかし、ティアの胸は万感の想いで満たされた。

ようやくモニカに一勝を収めた――そういうことにしておきたい。

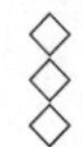

ホテルまで戻る道中、ティアはモニカと並んで歩いた。
途中モニカがぽつりと言葉を漏らした。

「正直、ボクの役割としては間違っているんだ」

どういう意味か。見つめていると、彼女は小さく述べた。

「クラウスさんも言ったけど、仲間とのズレがチームの鍵だ。ボクはよく分かるよ。だって、『灯』はメンバー全員が等しく、一辺倒に冷酷さを欠いている」

「……そうかもしれないわね」

「甘すぎる。今回だって、本当はボクが止める役割を担うべきなんだ。私情を排して」

「…………」

「たとえキミの脚を砕いてでも」

「もっと優しく止めてくれないっ？」

「必ず困難にぶち当たるよ」モニカは呟く。「――この甘さに付け込む敵が現れた時」

モニカの懸念は一理ある。今となっては彼女の分析も冷静に受け止められる。嫌味ではなく、彼女は的確にチームの弱点を指摘している。

ティア自身、自分がスパイの常識から外れている自覚はある。

他の仲間も躊躇なく殺人を行えるタイプとは見えない。弱点と言えば弱点なのだろう。

たとえばクラウスが不在の瞬間、誰かが冷酷な役割を引き受けなくてはならない。

ただ今言えることは一つだ。

「でもモニカには、冷酷な立ち回りは似合わないわ」

「は？」モニカが苛立ったような声を出す。「なんでさ？」

「アナタの心を見たから言える。アナタは感情を捨てきれないわよ」

きっと彼女は冷酷になりきれない。最後の最後で情を持つはずだ。

——ひらすらに隠した一途な恋心。

それを持つ彼女は、人の情をきっと理解できてしまうから。

「みんなでレストランに行く時も、しっかりアネットを着飾ってあげてたじゃない。なんだかんだ言って、アナタは感情を捨てきれないのよ」

モニカはきまり悪そうに歩く速度をあげた。

「………だから、問題なんだよ」と鬱陶しそうな声が聞こえてくる。

もしかしたら彼女自身、自分の感情を持て余しているのかもしれない。

ティアたちがホテルに戻ると、寝かしつけたアネットとエルナは起きていた。

部屋を出ていったティアたちに気づき、目を覚ましたらしい。不安だったのかもしれない。珍しくケンカせず、二人仲良くベッドに並んでいる。

「お姉ちゃんっ」目を合わすなり、エルナが言った。「大丈夫だったのっ？」

彼女の隣でアネットもまた緊張したように黙って、見つめてくる。

ティアはできるだけ穏やかに笑ってみせた。

「安心して。モニカもマティルダさんを助けることに協力してくれるって」

「モニカの姉貴っ！」

歓声をあげて、アネットがモニカに飛びついた。

その突撃をひらりとモニカが避ける。

「鬱陶しいから飛びつくな」

「照れないでくださいっ。俺様がキスしてやりますっ」

「ボクのトラウマを増やさないでくれるっ？」

唇を突き出すアネットを必死に遠ざけて、モニカが逃げ惑っている。バタバタと暴れ回っているが、案外、二人の相性はそう悪くないのかもしれない。

これからはマティルダを救うために動く。

ただ、一つ確認すべきことがある。今度の展開にエルナが付き合う義理はないのだ。

そう伝えてみると――。

「エルナからも条件があるの」

とエルナが言った。

「……その条件をつけるやつ、流行ってるの？」

ついさっきモニカも似た挙動をしたばかりだった。

エルナはびしっと人差し指を突きつけた。

「アネット、二度とエルナをイジメないでほしいの」

彼女の指の先にいるのは、モニカに唇を突き出しているアネット。

「もしアネットが、これからはエルナをイジメず、普通の、と、友達として接してくれるなら、エルナも手伝ってあげるの」

やや早口だった。

「…………………」

条件を提示されたアネットは不思議そうにぽーっとした後、首を傾げた。

「俺様、エルナちゃんのこと、とっくに友達だと思っていますよ？」

「……っ！」

エルナが顔を赤らめる。

どうやら彼女も参加することになりそうだ。

早朝五時、少女たち四人はマティルダが滞在するホテルに顔をだした。

幸い、彼女はまだ拘束されていなかった。

格安ホテルでは、内緒話はできない。また人気のない海岸沿いまで連れ出した。

彼女は、帰省するはずのティアたちが未だに街に残り続けることに疑問を抱いたらしく、
不思議そうな瞬きを繰り返している。

「お母さん、スパイを引退してくださいっ」

真っ先に告げたのは、アネットだった。

当然マティルダは「え……」と固まり、呆然としている。

「アネットの言葉通りよ。それを約束してほしい」

ティアは告げた。もう判断に迷いはなかった。

「察しているかもしれないけど、私たちは共和国のスパイよ」

「……同業者、だったんですか？」

「えぇ。だから仲間の母親と言えど、敵のスパイを助けられないわ。必ず引退して。その
約束を守れるなら、私たちがアナタを国外に逃亡させる」

マティルダは口を開け、嬉しそうに息を漏らした。安堵だろうか。しかし、ティアの険

しい表情に気づいたのか、すぐ俯いた。

「でも、どうやって……？　もしかして特別なコネが——」

「ない。力ずくよ」

そんな便利な人脈があったら、どれだけいいだろう。

頼れるのは、ここにいる四人の力のみ。他の仲間にも、クラウスにも頼れない。

「私たちで陸軍の包囲を突破する——それだけよ」

唖然とするマティルダに、ティアは一方的に作戦の決行時刻を伝えて別れた。

少し歩いたところで、念を押すようにモニカが尋ねてくる。

「で？　クラウスさんには報告してないの？」

「当然よ」ティアは笑った。「こんなの反対されるに決まっているわ」

モニカは肩をすくめた。

「だとしたら心配しているだろうね。朝になってもボクたちが帰宅しないんだから」

ティアは頷いた。

クラウスに嘘の報告をする案も思いついたが、控えておいた。彼は直感で嘘を見抜くこ

とができる。マティルダを守るためには連絡を取るべきではない。

「仕方ないわよ。私たちはね——失踪するの」

「うわ、ひどい。でも嫌いじゃないかな、こういうの」

「行方不明者四名なの」

「俺様たち、迷子ですっ」

ティアの言葉に、モニカが頷いた。エルナが笑い、アネットが鼻歌を歌う。

かくして少女たちは失踪する。

先生に隠して実行する——少女たちの秘密のミッション。

太陽がようやく上り始める、早朝の出来事だった。

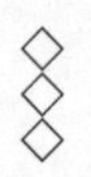

歓楽地の長い一日が始まろうとしていた。
少女たちとマティルダが逃亡を決意したのは、五時。
彼女たちが知る由もないが——十二時、クラウスとリリィは駅に到着する。
更に少女たちが知る由もないが、十六時——。

クラウスがウェルタに忠告した通り――良からぬ者が港に到着する。

間章　行方④

十五時を回り、日が落ち始めた頃、クラウスは少女たちの足掛かりを得た。

街の一角にある雑居ビル。半地下一階と三階建ての建物だ。一階は競馬の代理購入屋、二階は金融業者、三階は怪しげな印刷会社の看板があった。健全とは言い難い建物だ。半地下の階には、なんの看板も見当たらないが、おそらく日陰者の業者だろう。

現在、ビルは封鎖されて、軍人が見張っていた。訝し気な顔のウェルタの姿も見える。

クラウスは封鎖するテープを押し分け、中に入っていった。

「ここで殺人事件があったようだな」

声をかけると、ウェルタが顔を歪ませた。

「おい、貴様。帰ったはずじゃないのか？」

「あんな嘘を信じたのか？」

クラウスは部屋に残った血痕を確認する。全面に夥しい血が飛び散っていた。

「殺されたのは、五名らしいな。ギャング同士の抗争というのが警察の資料だったが、お

前が自ら出向いたということはスパイ絡みか？」

「……事件は極秘裏に扱うよう、警察には指示したはずだが」

「無意味な抵抗をするな」

ウェルタが舌打ちをした。

「凶器はピアノ線だ。恐ろしく技術が高いブービートラップだ。五人全員、切り刻まれている。惨たらしい遺体だったらしい。原形を留めている者さえ少なかったそうだ」

「現場を見れば分かるよ。かなり残忍な手口と言わざるを得ないな」

部屋は、飛散した血で埋め尽くされている。遺体は既に片付けられているが、天井にまで達した血痕がその惨たらしさを物語っていた。

「――捜索中のスパイと同じ殺し方だ」ウェルタは告げる。

ライラット王国のスパイを殺し、今も尚逃走中というスパイ――。

彼女の正体に思考を馳せていると、クラウスの鼻腔につんとした刺激があった。

「……奇妙だな」クラウスは呟いた。「催涙ガスの残り香がある。しかし、撒かれた日づけは犯行日時とは異なるようだ」

「ん？　どういう意味だ？」

「殺人が起きる前日に、催涙ガスが撒かれている」

どうやら、この事務所は二度襲撃されたようだ。三日前に何者かが催涙ガスを撒き、二日前の深夜に敵スパイがピアノ線で惨殺した。

ウェルタが訳が分からないというように眉をひそめた。

「警察いわく、殺された五名は犯罪で生計を立てていた集団らしい。窃盗を始め、悪逆の限りを尽くしていたと聞く。別の人間からも恨みを買っていたんだろう」

「……………なるほど、そういう経緯か」

クラウスは頷いた。

すぐに発とうとする。ここで手に入る情報は、全て手に入った。

「待て、燎火」だがウェルタに引き留められる。「貴様は何に気が付いた？」

「何も分からない。どうやら僕には手を負えない難事件のようだ」

「それも嘘だろう？」

ウェルタが厳しい視線で睨みつけてくる。そして、部下を追い払った。軍人たちは大尉の命令に一切逆らわず、言われたとおりに半地下から出て行った。

事務所に残ったのは、ウェルタとクラウスのみ。

「ここ最近『炬光』さんの姿を見ないな」ウェルタが呟いた。「壮健か？」

それはクラウスの師匠――ギードのコードネームだ。

「……あぁ、元気すぎて困る」

「なら、あの人の格闘術も健在だろう。一度スパーリングをさせてもらったことがある。てんで相手にならなかったが、筋がいいと褒められた。それが俺の誇りだ」

「何が言いたい？」

「俺だって決して未熟者ではない。感じ取れるものはある」

ウェルタが力強く断言した。

「戦慄するような邪悪を感じるんだ」

「邪悪？」

「真の邪悪とは常に善人の顔をしている。善人の笑顔で、無知の者を利用し、欲望のままに他者を蹂躙する。そんな気配がするんだ。存在自体が間違っている圧倒的な悪だ」

「…………」

「俺たち陸軍が確実に抹殺する――得た情報を全て寄越せ」

鋼鉄のように固い正義感を秘めた瞳が、クラウスを捉えている。若い彼を大尉の地位まで上らせた強い意志――悪を必ず討ち果たす誇り。

やけに軍人の数が多いのも、その邪悪を感じ取ったからなのだろう。

クラウスは首を横に振った。

「――お前は何も見えていない」

「なっ……」

「使命感は認める。だが、僕には僕の立場がある。余計な干渉をするな」

燃え上がるようにウェルタの顔が赤く染まった。その拳は小刻みに震えだす。

「たかが諜報員分際で……軍人を舐めるなよ」

「また一つアドバイスを授けておくよ」クラウスは淡々と告げた。「スパイを海に追い詰めるな。逃げられるぞ？」

それは彼に捧げる最大の助言だった。

だが相手は侮辱と受け取ったようだ。射殺すように睨みつけてくるだけだった。


「まーた、ケンカしています……」

半地下から出ると、リリィが呆れ顔で待ち構えていた。こっそり覗いていたらしい。

「あまり僕を見くびるな」クラウスは口にした。「無意味なケンカなど僕はしないさ」

「え？　何か意図があったんですか？」

「嫌がらせだ」

「より質が悪いっ！」

「少々アイツらが不利のようだからな。指揮官のメンタルを崩しておいた」

それでも過酷な闘いとなるだろう。だが、信じてやるしかない。

リリィは首を傾げている。クラウスの言葉が理解できていないようだ。

その説明はおいといて、告げねばならない事項があった。

「失踪した奴らを追うのは、一旦中断だ」

「えっ？」

現状は生きているようだ。サポートに回ってやりたいが、他にやるべきことがある。

「僕たちが対処すべきは、彼女たちが見落としている可能性だ」

リリィが唖然とした。

「もう真相に達したんですかっ？」

「なんとなくだがな」

とんでもない奴らだな、と愚痴をこぼしたくなる。手がかかる部下ばかりだ。

真相は八割方察していた。もう少し情報を埋めれば、更に断定できるだろう。

少女たちがどうして失踪という道を選んだのか――。

そして、ウェルタが言及した邪悪の真相も――。

間章　良からぬ者

街の港には、日に四度ほど客船が到着する。

中でも十五時に訪れるのはいわゆる豪華客船と呼ばれるものだ。全長百メートル以上の巨大な客船であり、最大五百名の船客を乗せることができる。乗客の大多数は、海外からの観光客。戦争の被害から免れた別大陸の富裕層が中心だが、中には終戦から十年経ち、国内の復興と共に事業を守り立てた実業家たちも乗り込んでいる。

客船は、到着を待ちわびる人で賑わっていたが、その中に風変わりな男性がいた。

マッシュルームである。

見た瞬間、誰もが唖然とする完璧なマッシュルームヘアーだった。何もここまでしなくていいだろう、と彼とすれ違う誰もが頬を緩める。船員からは「キノコの人」とあだ名をつけられ、子供からはクスクスと笑われる。

乗客全員が彼の髪型を笑い、記憶する。

そして——それ以外に彼の外見に纏わる情報は、何一つ覚えられなかった。

それがガルガド帝国のスパイ『白蜘蛛』という男だった。

白蜘蛛は港に降り立つと、その街に落胆した。

発展していることに間違いないが、期待を超える規模ではない。

ディン共和国の有数の観光地と聞いていたが、なんてことはない。帝国の文化をコピーした大型ホテルが立ち並ぶだけだ。敗戦の影響で衰退しかけているが、帝国にはこれを超える観光地がいくらでもある。小国の経済力の限界か。

(やっぱり、とるに足らない国なんだよな)

白蜘蛛は頭の後ろを掻いた。

(面倒だ。こんな小国なんて無視できれば、一番楽なんだが)

所詮、ディン共和国などその程度だ。経済力もなく、国際情勢にも大した影響を与えない。帝国が相手取るのは、この数十倍の国力がある大国ばかりだ。スパイを送り込む価値さえ乏しい。先の大戦では、帝国に虫けらのように蹂躙された弱小国である。

(ただ、スパイ教育には異様なほど力を入れているんだよなぁ)

対外情報室——それがディン共和国の諜報機関だ。

弱小国のはずのスパイに、帝国は苦渋を味わされ続けてきた。

帝国と共和国は、文化も言語も近しく、人種もほとんど同じ、国同士は隣接している。

帝国にスパイを送り込む上で、これほど相応しい条件はない。

ディン共和国は、帝国の機密情報を盗み続けている。それを大国に売り渡すことで、経済援助を受けている。いわば連合国の監視役。なんて強かな国だ。

　スパイ強国——それがこの田舎国の本質だ。

（一度、スパイ網を崩壊させたはずなんだが、予想よりずっと早く回復させているし……害虫みたいなやつらだ）

帝国と共和国の関係に改めて想いを馳せながら、目的のホテルに辿り着いた。

見張りの気配はない。目的の人物は、いまだ潜伏に成功しているようだ。

ホテルの受付に、宿泊したい旨を告げて、階上にあがった。あてがわれた部屋に入ると見せかけて、隣の部屋に忍び込む。

　室内には、青白い顔のくたびれた女性がベッドで横たわっていた。

白蜘蛛が会いに来た人物だ。帝国では、マティルダという名前を使用している。

彼女は訪問客に気が付くと、目を丸くする。

「キノコ……」

「それが第一リアクションかよ」

愕然(がくぜん)とするが、悲鳴をあげないだけマシか。帝国のスパイは玉石混淆(ぎょくせきこんこう)だ。

「救援(きゅうえん)、来てくれたんですね」マティルダは息を漏(も)らす。「わたし、見捨てられてなかったんだぁ」

「さぁな」白蜘蛛は肩(かた)をすくめた。「単にアンタを殺しに来たのかも」

「え……」

「ついでなんだ。『潭水(たんすい)』って男が消息不明になったから、この国に来た。その帰りに寄っただけ。殺すか、逃がすかの裁量は俺に委ねられている」

白蜘蛛は、マティルダの額に拳銃(けんじゅう)を突(つ)きつけた。

「俺はどうすればいい？ アンタを生かす価値があんのか？」

「…………」

「血の臭(にお)いがする」女から漂(ただよ)う死臭(ししゅう)を嗅(か)ぎ取った。「最近、人を殺したな？ なぜだ？ 潜伏中に事件を起こすバカな真似(まね)をした？」

どうやら使えない人間のようだ。

白蜘蛛が引き金に力を加えた時――。

「うふふ」

とマティルダが奇妙に笑った。

「あ？」不快に感じて威圧する。

しかし、マティルダは気味の悪い笑みを堪えない。

「ううふふふふうふふふふひゅふふふふふうふふうふふふふふひゅふふふうふふふふうふふふひゅふふふふふふひゅふふっ」

口元を両手で押さえながら、声を出した。

(なんなんだ、このおばさん……)

白蜘蛛が眉をひそめていると、マティルダはぴたりと笑いを止めた。

「事情が変わったんですよぅ」

「あぁ？」

「だからぁ、救援なんて要らなくても脱出できる状況になったんです。殺したのは復讐、というより気が乗ったからですよぉ」

突然切り替わった間延びした喋り方に、白蜘蛛は瞬きをした。

マティルダは説明を続ける。

「いえ、困っていたのは事実ですよぅ？　陸軍のゴミ共に囲まれて、仕事道具も盗まれて、どうしようもなく本気で悩んでいたんです。リスク覚悟で片っ端から軍人を殺していこう

かなって。本気で実行に移す直前くらいまで考えていました」

そこで彼女はうひゅっと気味悪く微笑んだ。

「でも――奇跡が起きたんです。生き別れの娘と出会えたんです」

「ふぅん。感動の再会ってやつか？　よかったな」

興味がない話題なので雑な返事をしたが、マティルダはなお楽しそうに語る。それから、部屋の隅に置かれたコバルトブルーの工具箱を指差した。

「これで殴ったんです」

「あ？」

見るからに重そうな鉄製の代物だった。

「殴って、殴って、何度も殴った娘なんです。記憶もなくして、ボロボロにして捨てた娘が、わたしを慕って、助けてくれるんですよぉ。わたしに殴られた記憶をすっかり忘れて、わたしを『お母さん』だなんて呼びながら！　利用されているとも知らずに！」

恍惚とした笑みだった。

「本当に、バカで、愚かな娘ですよねぇぇっ！」

その狂気が滲んだ顔に、白蜘蛛は言葉を失った。

この女は終わっている。

詳しい事情は知らないが、無知な娘を利用して、脱出する算段があるようだ。なら、それでいい。少なくとも白蜘蛛の手を貸す必要もなさそうだ。

白蜘蛛の判断は一つ――関わるだけ無駄。

銃を下ろした。

「……アンタがやべぇ奴ってことは分かったけど、合格にしとくよ。せめて死臭だけ落とせ。分かる奴にはバレるレベルで臭うぞ」

「はい、ありがとうございますぅ」

「後は勝手にしな。俺も勝手に動いて、適当に帰国するわ」

元々孤立した同胞を助けるのは管轄外だ。マティルダには大事な使命がある訳でも、貴重な情報を握っている訳でもない。白蜘蛛は、本当についでに立ち寄っただけなのだ。

ただ、去り際にふと確かめたくなった。

「なぁ、アンタに母親の愛情ってのはねぇの？」

「ありませんよぉ？」

マティルダは間延びした声で言った。

「気持ち悪いんですもん。あの子」

唾を吐くような、あっさりした物言いだった。

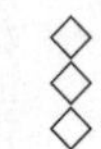

かくして舞台は整えられる。

――『灯』選抜組。モニカ、ティア、エルナ、アネット。

――ウェルタ＝バルト率いる陸軍情報部。

――娘を利用して逃亡を企む帝国のスパイ、マティルダ。

――駆けつける『灯』のボス、クラウス。そして、リリィ。

――終盤に現れた闖入者。帝国のスパイ『白蜘蛛』。

思惑と策略が入り混じる、スパイたちの饗宴が始まる。

5章　邪悪と闘争

天気予報いわく、深夜から朝方にかけて雨が降るという。

夜十時、街の上空は分厚い雲が覆っていた。湿度があがり、息をすれば喉がしっとりと湿る感覚。いつ降り始めてもおかしくない。

月明かりさえない闇夜の中、三つの闘いが始まる。

火蓋が切られたのは、まず二つ。

◇◇◇

港の周辺には、倉庫が立ち並んでいた。

貨物船の発着場付近には、輸入品を一時保管する倉庫が建てられており、そこから更に離れた場所の倉庫には使い古された船が収納されていた。後者は普段使用されることはない。まるで船の死体安置所のように、壊れた漁船が押し込まれている。

普段ならば、夜十時にもなると誰も近づくことはない。

しかし、この時ばかりは付近を警戒するように軍人がうろついている。

バルト大尉が各小隊に夜間の配備を増やすよう指示を出した。そろそろ痺れを切らしたスパイが強行突破をすると予測したのだ。軍人たちは緊張の面持ちで、小銃を武装して付近を歩いている――と事前に調べはついていた。

少女たちは、船倉庫に息を潜めていた。

「改めて作戦を確認するけど」

ティアが他の少女に声をかける。

「私たちがマティルダさんを逃がすのは、この港しかない。道路や駅から逃げる手もあるけど、結局、国内から逃げられない限り、追われ続けてしまうわ」

出国を先延ばしにすれば、マティルダの状況は悪くなる一方だ。

今晩に決着をつけるしかない。

「夜二十三時に発つ貨物船がある。多くの貨物は既に積み終わっているけど、最後の荷物は深夜に到着する。その中にマティルダさんを紛れ込ませる。私たちは騒動を起こし、港から港湾関係者を避難させ、軍人を誘導する」

アネットとエルナが頷いた。

倉庫の壁に小さな穴をあけ、監視に当たっているモニカが口にする。

「今、来たよ。青色の鉄製コンテナだ。『3―896』って番号も確認できた」

予定通りの荷物がやってきた。

ティアは念押しの確認をしたあと、離れた場所で待機するマティルダに近づいた。

「あの……」

マティルダは不安そうに尋ねてきた。

「大丈夫ですか。そもそも貨物に紛れるなんて……」

「従来は不可能よ。木箱や木樽だしね。人が入ろうとしても小さすぎて、難しいわ」

「ですよね……」

「けど、この国でもコンテナ輸送が少しずつ取り入れられている。港の半分以上の貨物がもうコンテナ。人も容易に潜伏できる新たなスパイの抜け道ね」

規格化された貨物は、輸送手段の効率化に貢献した。科学技術は飛躍的な速度で、世界の国々を繋げていく。スパイが暗躍を始める土壌の一つだ。

「でも、それなら陸軍の人たちも警戒しているんじゃ……」

「この時間帯は四隻の貨物船の出航が重なるのよ。数も多いわ」

残りの三つは、まだ積み荷が終わっていない。発着場には、いまだ無数のコンテナが並

んでいるはずだ。その一つに紛れ込めば、見つからないはずだ。

「それに帝国行きの船じゃなく、ライラット王国行きの船に乗ってもらうわ」

さすがにその便は警戒される。一度、包囲網を突破して、別のルートで帝国に帰るのがいいだろう。ライラット王国での行動は、彼女に任せる。

鉄製のコンテナは、内側からは開かない仕組みとなっている。ティアは脱出用の道具を手渡した。長さ五十センチの棒状のガスバーナーだ。

「アネットが作ってくれたわ。鉄製の留め具なら焼き切れる」

たった数時間でアネットは「信頼の俺様製ですっ」と太鼓判を押す代物を用意した。

マティルダはそれを愛おしそうに握った。身体の震えが止まる。

これで計画の最終確認は終えた。

再びモニカの元に戻る。彼女はなぜか目を見開いていた。

「…………」考え込むように無言で固まっている。

気になる表情だった。「なにかあった？」と尋ねてみる。

「……いや？　別に？」モニカは肩をすくめた。「ただクラウスさんより、よっぽど様になってると思ってね。どう？　指揮する側の気分は」

「……アナタの挑発にも慣れてきたわ」

「指揮官の責任は重大だからね。失敗したら全員、処刑されるかも」

「脅かさないで……大丈夫よ、とっくに覚悟を済ませているわ」

告げると、モニカはティアから離れ「なんだ、つまらない」と手を振った。

今のティアには皮肉にも揺らがない理由があった。

「正直、そこまで心配してないわよ」

「へぇ、どうして？」

「ずっと言っているじゃない。私たちが組めば、無敵だからよ」

モニカは呆れたように手を振った。

「そりゃどうも」

予定時刻となった。

「作動しましたっ」とアネットが口にする。

ティアたちが倉庫の扉に移動すると、発着場から立ち上る白煙が見えた。昼間に仕掛けた装置が起動したのだ。

双眼鏡で観察する。

軍人は発着場に集まって、港湾労働者の避難誘導を始めた。強い照明がまるで巨人な腕のように闇夜を行き来する。

直に労働者はいなくなる。次は、軍人を発着場から引き剝がさなくてはならない。

「厄介だね」望遠鏡を構えるモニカが言った。

「ええ、軍人が多いわ」

「違う。三番発着場に鏡があるでしょ？」

モニカは事前に鏡を置いていた。ゴミに扮した鏡を、不自然なく仕掛けていた。その鏡を用いて、モニカは港の全体を把握しているようだ。

「双眼鏡じゃ無理よ。何が見えたの？」

「ウェルタ＝バルト陸軍大尉。彼が直接現場まで来ている。俊才って聞くね」

「へぇ……良い男って噂だけど、本当かしら」

「顔は興味ないけど、実力はあるよ。軍人の統率が取れている」

モニカが認めるのなら、優れた人材なのだろう。

だが相手が誰であろうと、引く訳にはいかない。

まずティアが一歩倉庫から飛び出そうと、足を踏み出すが――。

「待つのっ！」

エルナに飛び掛かられた。彼女の身体に押され、横に倒される。

――直後、ティアの足元の地面が弾け飛んだ。

狙撃された？

危機を察すると同時に、エルナが止めなければ撃たれていた事実に鳥肌が立つ。

（どういうこと……？　既に居場所がバレてる？　にしても、どこから狙撃を？）

再び倉庫に身を隠す。

地面には銃弾が突き刺さっている。相当の遠距離から飛んできたようだ。

混乱と共に血の気が引いてくる。これもバルト大尉の策なのか？　いや、そうとは思えない。不測の事態が起きている。

隣ではエルナが顔を真っ白にさせている。これほど怯える彼女を見たことがなかった。

「今、出るのはやめた方がいいの」掠れた声だった。「とんでもなく嫌な予感がするの」

「ありがとう、エルナ」ティアは彼女の頭を撫でる。「でも、相当まずいわね」

物音を立て過ぎた。

船倉庫付近を巡回していた軍人が反応した。ざわめき声と足音が迫ってくる。

「いきなりピンチか」

モニカが懐の銃に触れた。

「どうする？　このままだと軍人に包囲されるけど？」

同じ倉庫に留まれば、いずれ囲まれる。

しかし、エルナの警告を無視して、謎の狙撃手の前に姿を現すのは危険すぎる。

（不幸……って言いたい気分ね）

迫りくる危機に、ティアは唇を噛む。

第一戦――『灯』選抜組とウェルタ率いる陸軍情報部の闘いが始まった。

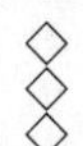

白蜘蛛はスコープから視線を外し、首を傾げた。

「ん？　避けられた？　どういうことだ？」

目立つマッシュルームヘアーはニット帽で隠し、顔は大きなマスクで覆っている。ハッキリと不審者と分かる風貌の白蜘蛛ではあるが、それを咎める者はいない。

港そばの建設中のホテルで、彼は匍匐体勢で銃を構えていた。

まだ工事中であるが、七階に相当する位置だ。柱と床だけは出来上がっており、壁はこれから作られる。

帝国の最新式の小銃で、敵を十分に狙撃できる距離はせいぜい３００メートル。

しかし、白蜘蛛が潜んでいたホテルと、港までの距離は一キロメートル。通常ならば不可能な距離だが、白蜘蛛は小銃を独自に改造し、分解し持ち運びできる細工と、スナイパーライフルとして通用する飛距離を実現していた。

小銃——改め、狙撃銃を抱えて、白蜘蛛は思考する。

マティルダの話を聞いた時、白蜘蛛は彼女を殺すのではなく、泳がせることにした。彼女の娘とその仲間に強烈な違和感があった。

——敵国のスパイを助けるスパイ？

危うい奴らだ。スパイとして甘すぎる。一体どんな神経をしているのか。

——経験が浅い？

引っかかる。

白蜘蛛の脳裏にあるのは、共和国で新たに結成されたスパイチーム。それは、一人の男と、七人の養成機関の落ちこぼれ少女で構成されているという。

確かめておく必要がある。

「まぁ、一人殺して様子見だな」

マティルダと行動を始めたところを撃ち抜く算段だった。

先ほど一瞬見えた少女を狙撃したが、避けられてしまった。危機を察したのか、別の理

由か。いずれ直に姿を見せるだろう。

「軍人も気づいたようだし、もうじき出てくるだろ」

白蜘蛛はスコープを覗き込む。

「さぁ、軍人に包囲されるか。俺に狙撃されるか——好きな方を選べ」

一方的な優位に立てる位置で、着実にターゲットを殺していく。

白蜘蛛のやり方だ。余計なリスクを背負わない。

なにせ、ここはディン共和国だ。目の前には、怪しい少女もいる。

万が一にも、絶対に会ってはいけない男と出くわすのだけはゴメンだ。

「っ！」

その時、白蜘蛛は殺気を感じ取って、身を転がせる。直前まで感知できなかった。

背後に、長身の男が立っていた。

「気づくか。それなりの実力はあるようだな」

その男は堂々と姿を晒している。

銃弾を撃たれても構わない——そんな恐ろしいほどの自信を漲らせて。

「っはぁ？」

白蜘蛛は心から叫んでいた。慌てて起き上がるが、膝が震えだしていた。

目の前の男は、そんな白蜘蛛に冷たい視線を送ってくる。

「そして、僕の顔を見て、反応するのは帝国のスパイだけだ」

「……ざけんな」

　頭に刻みつけていた顔だった。

　ディン共和国でもっとも警戒すべき相手。絶対に会ってはならない敵。

　帝国の工作員が何度も暗殺を試みても、返り討ちにし続ける化物――。

　罠が張り巡らされた研究所に正面から侵入し、生物兵器を奪還したスパイ――。

　共和国のコードネームは『燎火』。

「ふっざけんじゃねええええっ！　なんでこの男がいやがるんだよおおおおぉっ！」

　白蜘蛛は駆け出した。愛用の狙撃銃だけを持ち、残りの道具は置き去りにする。

　まったく予期しなかった出会いではない。万が一の警戒はしていた。

　だが、実際に出会うと、ここまで恐ろしいとは。

　白蜘蛛は一目散に階段を目指すが――。

「階段は封鎖してある」

　足を止める。

　唯一の出口は、毒々しい色の泡で塞がっていた。

階段を塞ぐように堆積して、壁のようになっている。『燎火』とは別の人物が塞いだのだろう。音もなく作られていたバリケードだ。

指先で触れると、皮膚が爛れる感覚があった。毒だ。

二の足を踏む。毒泡のプールに飛び込むほど無謀ではない。

（これを生み出した奴、性格が捻くれすぎてんだろ……っ）

ナイフで斬っても、泡は二つに割れるだけ。銃で撃っても、泡が弾けて分裂するだけ。

この泡の壁を突破する方法はない。

背後から忍び来る足音がいやに響いていた。逃げられない。

「どうして、この場所が分かった？」震え声で白蜘蛛は尋ねた。

「なんとなくだ」

にべもない。

だが返答には自信が満ちている。事実かもしれない。そもそも白蜘蛛の襲来を知る方法など、直感以外存在しないのだ。

「なんで俺がこんなバケモンを相手にしなくちゃいけないんだっ！」

白蜘蛛は天に嘆いた。

第二戦――帝国からの闖入者・白蜘蛛と『灯』のボス・クラウスの闘いが始まった。

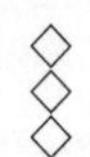

変化をエルナが感じ取ったらしい。鼻がぴくりと動いた。

「危険が消えた……の？」

「便利だね。じゃ、行こうか」モニカが飛び出した。

少女たちはマティルダを守るように挟み、移動を始めた。軍人に囲まれる前に出発できたようだ。立ち並ぶ倉庫の隙間を、軍人に見つからぬよう進む。前方に軍人がいれば立ち止まり、方向転換。挟まれた時は、近くの建物に身を潜める。

目指す先は、貨物船の発着場。

五人が、闇夜に紛れて逃走できる理由は――。

「ストップ。曲がったところに人だ」鏡の反射により、視野を広げるモニカと、

「西側は嫌な気配がするの」不幸を察知する直感をもつエルナのおかげだった。

魔法のように軍人の照明の隙間を進む二人に、マティルダは啞然としている。帝国のス

パイと言えど、ここまでの技量は珍しいようだ。

ティアもまた驚いていた。

特に、モニカだ。

彼女は進みながら鏡を回収すると、それを投擲して、前方の地面に突き刺している。進む先も、後方も全て確認しているようだ。

「よし、このまま進むよ」

時に二つ以上の鏡を反射させて、かなり離れた地点を視認する。視力が足りない場合は望遠鏡で補う。走りながらピントを合わせるなんて不可能に思えるが、彼女は苦もなく成し遂げていた。

移動はスムーズに進んでいる。ついてくるマティルダが息切れをするほどだ。

「アナタねぇ」こんなタイミングではないが、ティアは指摘していた。「その技術、日頃の訓練じゃ見たことないんだけど？」

「見せたことがないからね」

「……手を抜いていたのね」

「人聞きが悪い。使ってもクラウスさんには勝てないから、使わないだけだよ」

悪びれもせず答えてきた。彼女らしいと言えば、彼女らしいが。

「でも、ここまでだ」モニカが足を止めた。

発着場にかなり近づいたところで、少女たちは立ち止まった。港近くに停められていたトラックの陰に少女たちは身を潜めた。

多くの軍人が発着場の警備に当たっている。耳をすませば、彼らの怒号が聞こえてきた。スパイを捕らえるために走り回っているようだ。

「港湾労働者の避難は、終わったね。後は、あの邪魔な軍人どもを退かして、マティルダさんをコンテナに押し込むだけだ」

冷静にモニカが状況を分析する。

三十人近くの軍人がコンテナ付近に集っている。照明は隙間なく焚かれて、闇は一欠片も存在しない。さすがに正面突破するのは無理だ。

こちらの狙いは読まれているか。

「まずいの……囲まれている気がするの」

エルナが不安そうに呟いた。

ティアは頷く。「離れるしかないわね。工作だけ施しておきましょう」

また軍人を誘導できるかもしれない。発煙装置をトラックの下に仕掛けておこう。

ティアは「マティルダさん、走れそう？」と確認する。

彼女は肩を上下させつつ「な、なんとか……」と呟いた。ここまでの道程で体力を消耗しているらしい。

アネットが「俺様、荷物を持ちますっ」とマティルダの工具箱を奪った。マティルダが嬉しそうに「ありがとう」と頭を下げる。

母娘の絆を再確認したところで、ティアは望遠鏡を覗き込む先導役に尋ねた。

「モニカ、次はどこに離れたら――」

「………」

彼女のいつになく真剣な表情に、つい声を止めてしまう。

また仕掛けた鏡を覗いているようだ。

「ねぇ、ティア」望遠鏡を構えたままモニカが呟く。「群がる軍人をどう減らす？」

「決めたでしょ。近づく、発煙装置を仕掛ける、引く、を繰り返すって」

「難しいね。一度目の発煙装置に動揺がない。かなり統率が取れているよ」

冷静な指摘に、ティアは唇を噛んだ。

この乱れの無さはバルト大尉の指揮によるものか。

予想より軍人の数が減っていない。長期戦になるかもしれない。

「そうね。でもリスクを避けるには、この方法しか――」

「また、甘いこと語っている」

モニカは不遜な笑みを浮かべた。

「誰も傷つかず、誰も危険に晒さず――良い子ちゃんの方法だ」

「じゃあ他に何があるって言うのよ？」

「素敵な方法だよ」

モニカは望遠鏡をしまった。代わりに取り出したのは、彼女が愛用する回転式拳銃。

「アネット、手ごろな爆弾と煙幕、ちょうだい」

ティアが制止する前に、アネットは武器を手渡した。

モニカは爆弾を前方に投げ込んだ。空中に飛ぶ爆弾を更に拳銃で狙撃して、軍人の方に弾いていく。

直後、闇夜を吹き飛ばすような、業火と爆音が生まれた。

「――っ！」

「マティルダさんを連れて行きな」

唖然とするティアに比べ、小さな仲間たちの決断は早かった。エルナとアネットはマティルダの腕を左右同時に摑むと、走り出した。

彼女たちの姿を覆い隠すように、モニカは煙幕弾を投げ込んだ。

ティアはまだ動けなかった。爆弾を聞きつけ、軍人たちが次々と駆け付けてくる。こんな戦場に仲間一人を置いていけない。

「アナタ、死ぬ気っ？」

「まさか」

そこからのモニカの行動は、もはや理解を超えていた。

顔を隠すようにフードとマスクをつけると——トラックの陰から飛び出した。

小銃を武装した軍人たちの前に、モニカは颯爽と姿を見せた。笑顔さえ浮かべて。

「いたぞぉっ！」

当然、軍人たちはモニカの姿に反応する。射殺の許可は下りているようだ。躊躇なくモニカに小銃を向けた。五人の軍人が、同時に射撃の構えを合わせた。

照明が向けられ、まるでステージの舞台のように一人の少女を照らした。

モニカは悠々と小刀を取り出し、逆手に構えた。

「ねぇ。この前のクラウスさん、屍の銃弾をナイフで弾いたよね？」

こちらに視線を向けず、口にする。

この緊迫した状況で何を言っているのか。

彼女の言う事実は、ティアも目撃していた。屍が放った銃弾を、クラウスは事もなげに

弾いていた。超一流のスパイが会得する高等技術だ。

モニカは平然と言ってのける。

「ボクにもできないかな？」

「は――？」

馬鹿げている。ようやく意図を把握し、ティアは戦慄した。

モニカはその技術を練習もせずに、試そうとしているのだ。

軍人相手に！　複数人を同時に！　実弾で！

狂気の沙汰だった。

モニカはすーっと長い呼吸を吐いて、軍人たちを見据える。

ぶつぶつと呟きが聞こえてくる。

「……角度……距離……速度……タイミング……焦点と反射がないだけマシか……」

計算している。彼女は銃弾を演算能力だけで破ろうとしているのだ。

止めなくてはならない。しかし、モニカは集中しきっており、ティアの声に耳を貸す様子はなかった。

軍人側から号令が轟いた。

「撃てっ！　スパイを取り逃がすなっ！」

そのよく通る声は、あのバルト大尉か。最前線に立つ五人の小銃が同時に火を噴いた。

直後、キン、という小気味よい音が鳴った。


「————————っ!!」


モニカは平然と立っていた。怪我もなく。

——四つの銃弾を避け、一つの銃弾を弾いた。

愕然としているのは、ティアだけではない。射撃した軍人たちもまた固まっていた。

バルト大尉も唖然としている。次の射撃命令を下さない。

「なんだ」モニカだけが得意げに頬を緩めた。「案外、簡単じゃん」

モニカは小刀の側面を確認すると、ティアを一瞥した。

「囮はボクが引き受ける。ガキの御守りは任せたよ」

「……っ!」

ティアは駆け出した。

もう迷いはなかった。煙幕の中に飛び込み、エルナたちの跡を追う。

背中からモニカの声が聞こえた。

「殺さない程度に相手してやるよ、バルト大尉」

彼女が銃弾を放ち、照明を割ったようだ。周囲が一気に暗くなる。

そして、彼女は駆け出したようだ。ティアとは逆方向に。

小銃の発砲音が鳴りやむことなく響き始めたが、次第にティアから遠ざかっていく。軍人がモニカに引きつけられているのだ。

（仲間になった途端、どれだけ頼もしくなるのよ……！）

もはや称賛を送るしかなかった。彼女の底知れない才能に。

モニカの働きにより、バルト大尉の統率は乱れ始める。

港周辺は混沌と化した。

◇◇◇

港から僅かに離れた建設中のホテル――。

情けない悲鳴が響いていた。

「ひいいいいいいいいいいいいいっ！」

一人の男が涙目になりながら全速力で逃走していた。一心不乱と表現するにふさわしい。歯を剥き出しに、腕を大きく振り回し、まるで子供のようなダッシュだった。クラウスが放つ銃弾をギリギリで回避して、ひたすら走り続けていた。

クラウスは拳銃の弾を込め直した。

「おおよそスパイがあげる声ではないな」

「うるせえええぇっ！　お前みたいなバケモン、相手してられっかあああぁっ！」

男は床と柱だけの空間を駆け続ける。床には、建設の道具類が散らばっていたが、器用に避けていた。

クラウスは釈然としない気持ちで、追いかけた。

ティアたちと連絡を取れない理由は想像がついた。アネットの関係者を逃がす気なのだろう。その是非はともかく、憂慮すべきはその逃走させるスパイの仲間だった。

失敗した同胞の危機を救う『焔』のように、帝国の実力者が訪れるのではないか。

そう警戒し、不審な雰囲気を漂わせる男を見つけ出した。

そして、人気がない場所で襲撃をかけ、今に至るのだが――妙に小物くさい。

（なんなんだ、この男は……？）

手ごたえのなさにクラウスは困惑する。

「はえぇぇな！　チクショウがあぁぁ！」

男は喚きながら遠ざかっていく。

ニット帽とマスク、彼の顔は判然としない。二十代の男性だろうが、確信は持てない。

（逃げ足は速いな……）

クラウスは全力の七割をだしていた。舐めているのではない。理由は二つ。罠を警戒していたため。そして、大抵の敵は七割の力で圧倒できるからだ。

なのに、男に追い付けない。

銃弾を撃ち込むが、彼はギリギリで避けて、逃走のスピードを落とさない。

（かなりの速度で追っているのだがな。それなりの手練れか）

だが、出口はリリィの毒泡により封鎖されている。突破できまい。

飛び降りる手段はあるが、構わない。容赦なく追い打ちをかけるだけだ。

「っ！　体力勝負になっちまうな！」

敵も不利を察したようだ。舌打ちをする。

「って、勝てる訳ねぇよなあぁっ！」

男が選んだのは、上階。

この高層ホテルは、下から積み上げるように建物が作られていた。一階から七階までに

工事用の仮設足場はない。だが、七階から八階には足場が組み上げられていた。それを用いて、男は狙撃銃を抱えたまま八階に逃げていく。

クラウスもすぐに追った。

八階は、壁はおろか床さえ建設されていない。鉄骨が剥き出しで格子状に組まれている

のみ。足を滑らせれば七階の床に墜落する。

鉄骨の上を器用に走る男に、クラウスは拳銃を撃った。

男は小さく悲鳴をあげ、よろめきつつ、ナイフで銃弾を弾く。

（それをできるスパイは限られているのだがな……）

態度の割には、凡百とは思えない技術を見せてくる。

——何者だ？

クラウスの知識にはない。対外情報室が摑んでいないスパイのようだ。

「格闘が得意なようだな」

鉄骨の上で足をとめ、クラウスは言葉を投げかけた。

「かかってきたらどうだ。勝てるかもしれないぞ？」

「挑発はやめておきな」男もまた足を止めた。「死ぬぞ？　俺が」

やれやれ、と言わんばかりに男は首を横に振る。そして、しゃがんだ。

「俺はインテリなんだ。こっそり潜入して、こっそり帰るスタイル。闘うのは勘弁だ」

「その割には動けるようだな」

「うるせぇ。だから便利屋にされちまうんだよ」

舌打ちの音が聞こえてきた。

顔の大半が隠れているが、苦々しい顔をしているようだ。

(平気で会話にも乗ってくるか。奇妙なやつだ)

違和感が募る。

余裕なのか、怯えているのか。

「会話で情報を聞き出そうっつうなら、俺にも教えてくれよ」

男も尋ねてきた。

「『潭水』っつうウチのスパイと連絡が取れねぇんだ。アンタのとこで捕まえたか？」

「誰だ、それは？」

「死人みたいなガリガリな男だ。ロマンチストで、思い上がりの激しいのが特徴」

心当たりはある。

『屍』だろう。帝国では『潭水』というコードネームが付けられているらしい。ロマンチストなのかどうかは知らないが。

クラウスは意外そうに驚く演技をした。

「知らないな。お前ほどの実力者がわざわざ調べる男か。警戒しておこう」

「食えないなぁ。ま、予想はついたけどさ」

嘘だろう。見破れるような嘘をつく無様はしていない。

会話をしても、腹の探り合いになるだけだ。埒が明かない。

「……お前が何者かは生け捕りにして吐かせればいいか」

向き合ってしまえば、もはや騙し合いの領域ではない。純粋な格闘技術が物を言う。

「僕も少し本気を出そう」

クラウスは拳銃をしまい、ナイフに持ち替えた。

「やめてくれよぉ……」

男は泣きそうな声をあげたが、加減する義理はない。

鉄骨を一度強く蹴り飛ばすと、鉄骨の上を走る――のではなく滑る。

湿度の高さのせいか、しっとりと濡れた鉄骨は摩擦抵抗を失っていた。駆けるよりもずっと速く、男の元に辿り着く。

男が再び身を引くが、クラウスのスピードが遥かに勝っていた。もう一度鉄骨を蹴り、滑るスピードを勢いづけると、彼の喉元目掛けナイフを繰り出した。

男は右腕を出し、ギリギリで防いでくる。服の下になにか仕込んでいるようだ。金属同士がぶつかる音が響く。しかし、衝撃までは殺せない。

クラウスは力任せに、男を鉄骨から突き落とした。

男の身体が空中に浮いた――ところを容赦なく、狙撃。

クラウスが用いるのは回転式拳銃だ。早撃ちに特化させ、技術を磨いている。ナイフから持ち替え、発砲するまで一瞬。二発の銃弾が男に向かった。

一発はナイフで弾かれ、もう一発は男の頬を掠める。マスクを剝ぎとった。

「くっ、マジで強すぎ……」

男は七階に墜落し、床に擦れたあとで呻き声をあげた。

クラウスはそっと七階に着地する。

このまま圧倒し、拘束する――その予定だったが。

「――――」

迂闊にも、クラウスは足を止めていた。

墜落した際、男のニット帽が外れていた。マスクも外され、素顔が露になっていた。

言葉を失う。

綺麗なマッシュルームヘアーが目につく造形となっている。若々しく二十代前半という

ことが判明したが、それ以上の印象は髪型にかき消されて、あまり抱けない。

「あー、アンタもそんな反応かよ」

男は自身の髪を整えた。

「良くないか？　この髪型、けっこう気に入っているんだぜ？」

「違う」

クラウスは否定する。

驚いたのは、顔に見覚えがあったからだ。髪型こそ違うが、以前彼と遭遇している。

「お前と会うのは、二回目だったからだ」

「あ？」

「エンディ研究所」

帝国の機関だ。製薬会社を隠れ蓑にし、極秘裏に帝国陸軍が科学実験を行っている。

クラウスが忘れるはずがない。

さきほどまでは確信が持てなかった。以前彼と会った時は距離があった。

しかし――この瞬間、クラウスは知る。

「『炬光』を……僕の師匠を射殺したスナイパーだろう？」

生存の望みがあったギードの命を奪った狙撃手――。

クラウスが戸惑っていたのは、彼にあったイメージと、目前の人間との違いだ。

悲鳴をあげて、みっともなく逃げ惑う男。彼こそが自身が探し求めていた相手とでも？

「――お前が『蛇』なのか？」

『焔』のメンバーを皆殺しにし、師匠の命を奪った正体不明の機関。

クラウスの復讐対象。

「…………」

男は無言で立ち上がると、服の汚れを払った。

「あの距離で見えていたのか。本当にバケモンだな」

ずっと大事そうに抱えていた狙撃銃を見つつ、髪をかき上げた。

「最悪だ。俺の生存率がますます下がってんじゃねぇか」

なお怯えの感情を隠さずに、男は――後に『白蜘蛛』と名乗るスパイは口角をあげた。

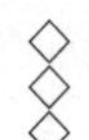

ティアはエルナたちと合流すると、倉庫を見つけて潜伏した。倉庫の鍵は硬く閉ざされていたが、アネットが作製したガスバーナーで焼き切った。

逃走にモニカの「眼」がなくとも、エルナの「勘」が残されているが、港が混乱に包まれている状況では難しいらしい。不幸の予兆があちこちで発生しているという。彼女の直感ではもう捉えきれない。

軍人の統率が乱れているのは明らかだ。

「モニカお姉ちゃんが暴れているの」

エルナが呟いた。

モニカは今も何十人の軍人に追い回されて、銃弾の雨の中、命懸けの逃走劇を繰り広げているはずだ。敵を殺さない、というハンデも背負って。

彼女が作り出した好機を逃す訳にはいかない。

「タイミングを見て、手分けしてコンテナを捜しましょう。青の3の896。アネット、無線の準備はいい？」

ティアは、スカートをガチャガチャとまさぐっているアネットに声をかけた。

彼女は四つの小さな無線機を取り出したが、すぐに首を傾げる。

「俺様、準備できていませんっ。無線機、壊れてますっ」

「え……」

思わぬ非常事態に困惑していると、隣でマティルダが口を挟んだ。

「あのう、おそらく陸軍の人たちの無線と混信しているんじゃ……」

「それは調整できる？」

「はい、五分あれば」

マティルダがアネットに「道具を貸りるね」と機材を奪い、無線機の調整を始めた。手際よく一度分解すると、配線を弄り始める。手つきに淀みがない。隣で楽しそうに覗き込むアネットが「俺様、勉強になりますっ」と楽し気に呟いた。

「………の」

隣でエルナがぼそりと呟いた。彼女の不安は伝わった。

――マティルダは帝国のスパイだ。

案外優秀な工作員なのかもしれない。機械に関しては能力が高いのだろう。

自分たちが逃がそうとしている存在だ。

「…………」

もちろんティアも、何も考えていない訳ではなかった。

倉庫に軍人が入ってくる。肥満気味の恰幅のいい男だ。

「「――っ！」」

エルナ、アネット、マティルダが瞬時に警戒の態勢をとる。

ティアは声をかけた。「落ち着いて、私の協力者よ」

昼間にティアは、一人だけ軍人の説得に成功していた。寂しそうに一人で食事を摂る男性を誘惑し、協力者に引き込んだ。

「お、驚かせないでほしいの」エルナが大きく息を吐く。

「ごめんね、うまく合流できるか分からなかったのよ」

嘘だった。ティアはあえて、この事実を仲間に伏せていた。

男から現在の配備の情報を受け取り、攪乱の指示を出す。別れ際に「お礼はまた今度ね」と耳元で囁くと、彼は顔を赤らめて去っていった。

ティアはこっそりとマティルダを見る。彼女は既に無線機の調整作業に戻っている。

「…………」

どうやら最後に、彼女と言葉を交わす必要がありそうだ。

「……ふぅ、終わりましたぁ」

その後、マティルダは瞬く間に作業を終わらせた。

ティアは頷いた。「ええ、じゃあ行きましょう」

倉庫から飛び出した少女たちは、全力で駆けて、発着場に近づいた。他の貨物船に積まれるであろうコンテナが数十と並んでいる。他にも木箱や木樽が積まれており、幸い、隠れる場所には困らなかった。

数名残っていた軍人は、ティアが虜にした軍人の嘘を信じ、別の場所に動いていた。隈なく港を照らしていた照明は割れている。これはモニカの功績だ。暗くなろうと、スパイとして鍛えられた自分たちは夜道でも問題なく走ることができる。

目的のコンテナは、この混乱の中、どこかに放置されているはずだ。

ここからは手分けして捜索に当たる。アネットとエルナは散った。

「ねぇ、マティルダさん」

しかし、ティアはマティルダから離れなかった。仲間と別れたところで声をかける。

「……ちょっとお話できないかしら？」

「いえ、ティアさん。今はコンテナを捜すことに集中しましょう」

「ほんの少しでいいのよ」

「早く見つけないと、他の人を危険な目に遭わすかもしれませんよ」

会話を試みるが、マティルダは一向に応じない。

せめて三秒、視線を合わすことができれば欲望を読み取れる。

しかし、相手は絶え間なく目線を動かし、その機会を与えてくれなかった。

「マティルダさん、これは必要なことなの」

痺れを切らして、ティアはマティルダの腕を掴んだ。

「教えて——アナタはさっき軍人を殺そうとしなかった？」

「…………」

マティルダが無言になった。

まずい話題に触れられたように。

「アナタから殺気を感じたわ。手に握ったドライバーを構えて、喉を刺そうとした。あまりに手慣れた動作で」

「…………」

ティアが軍人の協力者を伏せていた理由——マティルダの本心を確かめるためだ。

「どういうこと？　アナタ、人を殺したことはないって言ったわよね？」

「…………」

「答えなさい。もし黙秘を続けるなら——私はここでアナタを見捨てる」

「へぇー」

マティルダは煩わしそうにティアの手を振り払った。普段の腰が低い態度とは違う、乱暴な動きだ。それから、両手で口元を押さえる。まるで笑いを隠すように。

今まで見せたことがない所作だった。

「——もしかして今更、わたしのことを疑っているんですかぁ？」

「——っ！」

耳に纏わりつく、ねっとりとした声だった。

マティルダの手の隙間から、くぐもった笑い声が聞こえてくる。

「遅すぎますよぉ。今の今になって疑い始めるなんて。鈍いにも程があります」

「……私たちを騙していたの？」

「ええ、元々は娘を利用して出国する気でしたがね、アナタたちが思ったよりも使えそうなので、乗っかることにしました。助かりましたよ。簡単にわたしの嘘を信じてくれて」

「アナタねぇっ！」

ティアは握っていた拳銃を突きつけた。

今相手は、これまでとはまったく異なる側面を見せている。見過ごす訳にはいかない。

「アナタを逃がす訳にはいかないわっ。ここで撃つ！」

照準をマティルダの額に合わせる。

しかし、相手が物怖じする様子はなかった。

「――撃てばいいじゃないですかぁ？」

こちらを煽るような、間延びした声だった。

ティアは引き金に指をかけた。

「……本気で撃つわよ？」

「ええ、どうぞ？　でも、娘にどう説明する気ですぅ？」

マティルダは自身の口に張り付けた両手を小刻みに動かした。

「母親を助ける予定だったけど気が変わったから殺した――そう伝えるんですか？　期待させておいて？　酷いですねぇ。ロクな証拠もないんでしょう？」

「アナタ……」

「無理ですよね？　アナタにはわたしを殺す根拠がない。わたしの演技は完璧だった」

「……っ！」

「ティアさん、雑魚すぎますよ。甘くて、すっごく手玉に取りやすかったです。ここまで善意に付け込むのが簡単な人、初めて会いました」

　一気に語ったあとで、マティルダは笑った。

「手遅れです。アナタはもう敗北しているんですよ、ここにわたしを連れてきた時点で」

　ティアは唇を嚙んだ。

　突如見せられたマティルダの本性に怒りを抱くと共に、撃たねばならないという使命感に駆られる。

　ここまで挑発をされて、自分が黙っているとでも？

　排除しなくてはならない。ティアが指に力を込めたとき――。

「というのは、もちろん冗談です♪」

――マティルダは口元から手を離した。

　見せたのは、穏やかな聖母のような微笑み。

「わたしはティアさんに感謝していますし、娘を愛しています。帰国したら、必ずスパイを引退します。先ほどの殺気はちょっと驚いただけ。これが真実です。スパイの先輩とし

てからかっただけですよ、本気に捉えないでくださいね？」

「……ぅ」

さきほどの嘲り(あざけ)が嘘のように、マティルダは優しく首を曲げた。

年下を惑わす(まど)、イタズラっぽいお姉さん——そんな態度で笑ってみせる。その顔を見ていると、まるで幻(まぼろし)を見ていたような錯覚(さっかく)を味わう。

「まさか冗談を本気にして、わたしを殺しませんよね？」

「………っ」

「アナタの仲間はわたしを『お母さん』と慕(した)っているのに？」

「————！」

ティアは絶望の感情に打ちのめされた。

相手の言う通りだ。マティルダを撃つ根拠がない。

軍人に殺気を滲ま(にじ)せたから殺した——そんな直感だけで彼女を殺害できるのか？

自分が信用できなかったから殺した——そんな独断をアネットに説明できるのか？

彼女の言う通りなのだ。ティアはもう彼女に敗北している。

——マティルダの本性を読めなくとも、彼女を救わなければならない。

指先が震え、力が入らない。殺せなかった。どうしても引き金を引けなかった。

無線機から声が聞こえてきた。アネットだ。

《俺様、コンテナを見つけましたっ》

マティルダは笑った。「行きましょう、ティアさん」

「…………ええ」

力なく呟き、銃口を下ろした。

マティルダの言葉が真実かどうか、今のティアには確かめる時間がない。

方法もない――見つめ合うことにも挑戦しているが、すぐ視線を外されていた。

マティルダと共に移動するしかなかった。

アネットが見つけたコンテナは発着場の外れに置かれていた。暗くて見えにくいが青色のようだ。側面には『3―896』という記号が記されている。

鍵開けは既にアネットがこなしてくれた。コンテナの扉は開かれている。中身は小麦粉のようだ。大量の袋が積まれているが、女性一人が入る隙間はあった。

マティルダは躊躇いなく、その隙間に上がり込んだ。

「ここでお別れですね。皆さん、どうもありがとう」

にこやかな笑顔を見せてくる。それは、安堵なのか、勝利の笑みなのか。

「……アネット」ティアは苦渋の決断をした。「三十秒あげるわ」

「俺様ですかっ？」

「別れの挨拶をしなさい。できるだけ優しい言葉をかけて」

せめてもの抵抗だった。娘の情に訴える。母親が決して娘との約束を裏切らないよう、
アネットの言葉で説得するしかない。

アネットはきょとんとしていた。意図が伝わらなかったらしい。

マティルダもただ相手を見つめ返している。

「…………………………………………」

「…………………………………………」

最初の十秒は、お互い沈黙に用いた。レストランの再来か。

ティアが焦りを抱いた時、ようやくアネットが口を開いた。

「俺様っ、忘れてました」彼女はパンッと手を叩いた。「工具箱、返しますっ」

アネットは足元に置かれていた工具箱を差し出した。体力がないマティルダの代わりに、
彼女が途中肩代わりしたものだ。

「………」

マティルダはその工具箱を受け取らなかった。じっと見つめ、頰を緩める。

「――」とアネットの本名を呼んだ。「一緒に行く？　わたしと」

「お断りですっ」アネットは即答した。「俺様は姉貴たちと一緒がいいですっ」

「うん……」

マティルダは頷いた。「じゃあ、この工具箱は返さなくていい。あげるわ」

「いいんですかっ？」

アネットが目を輝かせる。それから彼女はスカートをめくりあげ、腕を突っ込むと、もう一つの工具箱を取り出した。

「だったら、俺様の工具箱をプレゼントしますっ。交換っ」

マティルダは目を丸くした。

その工具箱は、彼女が使用していた工具箱とまったく同じ形の物だった。

青空のようなコバルトブルーの工具箱。

「そっくりね……そうか、作っていたものね」マティルダが呟く。

ティアは思い出していた。

窃盗グループを撃退した時、彼女はマティルダの工具箱と精巧なコピー品を作製した。

それを彼女はそのまま自身の工具箱としていたようだ。

「お母さんとお揃いですっ」アネットは笑う。

マティルダは呻く。複雑な表情を浮かべ、娘から工具箱を受け取る。

「……さようなら」「さよならですっ」

それが最後の挨拶だった。

アネットは純真な笑みを浮かべたまま、コンテナを閉める。

「…………………………」

ティアはただ見つめるしかできなかった。

最後の娘からの言葉が、心に響いたのなら良いが——。

「姉貴っ」アネットがティアの手を握ってきた。「俺様の願いを叶えてくれて、ありがとうございましたっ」

白い歯を見せ、アネットは笑う。

ティアは彼女の手を強く握り返す。

(……そうね、考えても仕方がない。この笑顔を守ることが、一番の目的だもの)

どの道、後戻りはできない。選択を悔いても、何も変わらない。

今はただ、目の前にある無垢な笑顔を信じるだけだ。

第一戦。

『灯』選抜組の少女たちと、ウェルタ＝バルト大尉率いる陸軍の闘いは終わりを迎える。

軍人たちを攪乱させ、見事マティルダを逃亡させる。

――『灯』選抜組の勝利。

建設中のホテルでもまた、闘いが終わろうとしていた。

終始圧倒していたのはクラウスだ。

その果てに敵対する白蜘蛛のマスクを剝ぎ、彼の素顔を確認した。

師匠であるギードを撃ち殺した男――。

（こいつが『蛇』のメンバー……）

クラウスは改めてナイフを握る。

思わぬ偶然に驚愕こそしたが、最大のチャンスだった。彼の口を割らせれば、ギードが裏切った理由も、『蛇』の存在も明らかになる。

重心を前に傾け、強く踏み込んだ。

「だからああぁっ！　勇んで、俺を倒そうとすんじゃねええっ！」

白蜘蛛は悲鳴をあげて、後ずさりをする。

やはりその情けない態度は、一流の実力者とは思えなかった。

しかし、それが彼のスタイルなのだろう。実力差を正しく認識する。何も悟らず、勝手にライバルと定めてきた『屍』よりずっと理智的だ。

「俺より強いのに余裕がねぇのは、どうなんだ？」

白蜘蛛は額の汗を拭った。

「アンタの本気は分かったよ。俺じゃ勝ち目がねぇ。漏らしかけたわ」

命乞いを始めるとは思えない。

余計な抵抗をされる前に拘束する。クラウスは判断する。

「近づくな、バケモン」

白蜘蛛はずっと抱えていた狙撃銃を持ち上げた。

「もし一歩でも近づいたら、コイツをぶっ放す」

銃口を向けたのはクラウス――ではなく街の方角。

クラウスは鼻であしらう。

「脅しにもならないな。闇雲に撃っても、誰にも当てられないさ」

白蜘蛛は狙撃銃を片手で握って、横に腕を伸ばしている姿勢だ。

港にいる人までは一キロ弱。スコープを使わず、当てられる距離ではない。第一、いくら狙いをつけたところで、片手撃ちでは反動でまっすぐ弾が飛ぶはずもない。

「まー、試したことはねぇけどな」

白蜘蛛はへらっと笑ってみせた。

「――多分、当てられる」

「…………」

声には予言めいた不気味さがあった。

ハッタリではない。彼もまた人外と表現すべき領域に達しているようだ。

「卑怯っつぅなよ。俺から見たら、アンタの存在そのものがチートだっての」

白蜘蛛は銃を下ろさずに言葉を続ける。

「お互い不幸だな。アンタは、俺と会う場所が悪すぎた」

「…………」

「アンタの弱点は教えられている――国民を誰一人殺さない。『焔』が愛し、守り抜いた人々を失う真似はしない。そうだろう？」

「…………」

クラウスは、動けなかった。

憎い相手を目の前にしながら、腸が煮えくり返る激昂を感じながら、その薄汚い手法を軽蔑しながら──しかし、動けなかった。

世界最強を自負する実力を封じられる。

「残念だけど、アンタの情報は全て漏洩してんだ。裏切ったアンタの師匠が全部、教えてくれたよ。容姿も。願望も。弱点も。能力も。顔写真付きでな。どれだけ凄くても、仮に世界最強だとしても──情報が漏れたスパイは対処できる」

クラウスの前に立ちはだかるのは、情報の絶対的なアドバンテージ。

ギードが裏切り、クラウスの情報は帝国に流れている。

白蜘蛛は押し黙るクラウスに調子づいたのか、楽しそうに言葉を続けた。

「あそこのホテルに爆弾を仕掛けた。ロビーのソファの下だ。五分後に爆発する」

「ハッタリか？」

「──じゃねえことは見抜けるんだろう？」

自身の技能も把握され、利用される。白蜘蛛の策を打ち破れない。

白蜘蛛は準備を重ねていたのだろう。万が一の最悪を想定し、クラウスが来た際の対処

法を用意していた。ゆえにイレギュラーな出会いにも対応できていた。

対してクラウスは白蜘蛛を知らず、何も対策ができなかった。

そびえ立つ――情報の格差。

「ここらで手打ちにしようぜ、俺だって死にたくないんだ」

「……そうだな。見逃してやろう」

提案を受け入れるしかなかった。

選択の余地はなかった。軍人が射殺される前提に、白蜘蛛を討つ案は採用できない。このまま動けなければ、爆弾を解除しに向かえない。

「質問だ」クラウスはナイフを懐に収める。「……師匠はどうして裏切った？」

「教えてくれたら、アンタも裏切ってくれるか？」

首を横に振る。駆け引きをする気にもなれない。

白蜘蛛は「だろうな」と小さく言った。

「じゃあ、俺からも一つ。アンタさ、俺の事を上司に報告するだろう？」

「お前の顔は覚えたよ。似顔絵が描けるほどな。二度とこの国に入れないさ」

「指名手配犯かよ。なぁ、どんな名前がつけられるんだ？」

「名前？」

「指名手配するにも必要だろう？」

なぜそんなことを気にするのか。

例えば、帝国では『潭水』というコードネームを持つ暗殺者がいたが、当然、ディン共和国はその名を知らない。『屍』は対外情報室の室長が付けた名だ。

おそらく、クラウスの目前にいる男も名前がつくだろう。

クラウスは見たままの印象で答えた。

「キノコ男」

「『白蜘蛛』で頼む。さすがにカッコ悪すぎる」

それが彼のコードネームか。すぐに変更されるかもしれないが、記憶に留めておく。

「白蜘蛛、決着は次に会った時だ」

「俺は二度と会いたくねぇけどなっ！」

白蜘蛛は力強く叫んだ。なぜか小物らしさが残る男だった。

「次は最適な奴を派遣させるよ。アンタの封じ込め方は確認できた」

白蜘蛛は口角をあげて、自身のマッシュルームヘアーをかき上げた。

「どの道、終わりなんだ。情報が流出しているのは、アンタだけじゃない。共和国の実力者も有望株も全部漏れている。分かるか？　誰が来ようと処理できる。誰でも退けられる。

アンタの師匠が裏切った時点で、アンタの国に希望はねぇ」

勝ち誇ったように白蜘蛛は告げる。彼の表情には心からの余裕が滲んでいた。

しかし、クラウスもまた、ある確信を得ていた。

「──安心したよ」

「はぁっ？」白蜘蛛は声を荒らげる。

「『蛇』がどれほどの脅威かと思えば、大したことはないようだ」

敵を過大評価していた。その愚かさを悟り、クラウスは言った。

「僕を一時凌いだ程度で優越感に浸る相手など、たかがしれている。『蛇』の他のメンバーも、お前と同じレベルなのか？　あまり落胆させてくれるな」

胸を張り、告げる。

「僕には七枚の切り札がある」

帝国さえ把握していない──七人、改め、八人の少女たち。

確信する。やはり彼女たちこそが『蛇』を討ち果たす切り札である、と。

白蜘蛛と視線をぶつけ合わせる。

相手が浮かべていたのは、苛立ちか戸惑いか、それとも優越か。
再会は遠くないだろう。
そんな予感をクラウスは抱いていた。白蜘蛛もまた同じかもしれない。

第二戦――建設中のホテルで行われた闘いは、かくして終わりを迎える。
白蜘蛛は逃走に成功するが、自身の素顔を明かしてしまう。
クラウスは『蛇』の情報を掴むが、白蜘蛛を逃がしてしまう。
両者が痛みと情報を手にして終結――引き分け。

そして人知れずに始まった第三戦もまた――人知れず終わりを迎えた。

エピローグ 忘我

白蜘蛛はバイクで幹線道路を走っていた。

幸い、指名手配をされる前に陸軍の包囲網を突破できた。クラウスは自分の拘束よりも、爆弾処理を優先させたようだ。九死に一生を得た。やはり情報のアドバンテージは大きかったようだ。

しかし、万事がうまくいった訳でもない。

今回の出会いは、クラウスにとっても、白蜘蛛にとっても不測の事態なのだ。

（くっそ、最悪だ……）

苛立ちを抑えきれず、舌打ちをする。

（俺の面を完全に覚えられちまった。『蛇』のメンバーってのも察してんじゃねぇか）

事前に情報を得ていたが、目の当たりにすると震えてくる。

アレは間違いなく、怪物だ。

伝説のスパイチーム『焔』の全技術を受け継いだ男。

白蜘蛛が所属する『蛇』でも、あの男と一対一で相手できるのは三名前後だろう。総力をあげれば殺せるだろうが、田舎国の一スパイ相手に世界各国に散らばる仲間を招集できるか――いや、それを行う価値はあるかもしれないが――。

考えるべきことは山ほどある。が、

「ま、あのバケモンから逃げられただけで良しとするか」

と一旦息をつくことにした。

クラウスから思考を外すと、別の事が気になってくる。

（あの虐待おばさんは無事か？）

元々は、彼女が窮地に立たされているから駆けつけたのだ。救援を要請したくせに、白蜘蛛をあっさりと追い払ったが。自分勝手か。

（なぜか燎火の部下は、アイツの逃亡をサポートしているようだが……）

謎だった。

白蜘蛛には、彼女を助ける理由が一つも見つけられなかった。

『そもそもね、わたしとあの子は血が繋がっていないんですよ』

彼女の言葉は耳に残っている。

『駅のゴミ箱に捨てられていた赤子なんです。わたしはそれをスパイ活動として利用する

ために拾った。だから、愛情なんて最初からないんです。わたしの娘になれるよう整形させて、片目を潰しちゃったのは可哀想だなとは思いますけど』

――だから虐待をしたってわけか？

『ん？　いいえ、違いますよぉ？　それは、もっと別の理由です』

――別の理由？

『気持ちが悪かったから、それだけですよ。何を考えているのか分からなくて、不気味で……アレはきっと捨てられたままでいるべき、存在自体が間違っている子なんです』

マティルダは淡々と告げた。

『あの気味悪さは、直接体感しなきゃ分かりませんよ。大きくなると、どんどん理解が及ばない何かになった……恐くて、何度も何度も殴っていたら、幸い記憶をなくしてくれたので捨てました。でも、今考えると不十分でしたね。不良品はしっかり処分しないと』

その意見には、同感だった。情報漏洩を防ぐために策を講じた方がいい。

しかし手段は悪質すぎた。

『母親の形見として、この工具箱をあげるんです。中には爆弾が仕掛けてあります。最後の最後まで、わたしは善良な母親を演じて、娘を爆殺するんです』

白蜘蛛も絶句した。

娘を愛する演技を続け、命を懸けさせ自分を救わせ、最後に殺すというのだから。
——一応確認するけど、アンタの本性はバレてねぇんだよな？
伝えると、彼女は誇らしげに笑った。
『大丈夫ですよぉ。完璧に、わたしは演じきっています。しっかり娘を手懐けました』
マティルダは断言する。
『娘たちは、わたしを殺そうと思うことさえできません』
表情は、善良な母親を演じきった自信に満ちていた。
その一幕を思い出して、白蜘蛛はため息をついた。
（胸糞悪さなら、『蛇』でもやっていける水準だな）
今後、利用してもいいかもしれない。使い捨てする分には有用そうだ。
なにより、マティルダは貴重な情報を所持しているかもしれない。そう発覚したのだ。
——僕には七枚の切り札がある。
燎火の言葉だ。やけに自信に満ちた態度だった。
「……合流したら、ガキたちの情報を聞いておかねぇと」
情報がない正体不明の落ちこぼれたち。知っておくに越したことはない。
——正しく恐れろ。正しく見下せ。

自身の信条を唱える。なにせ燎火との再会は近いかもしれない。

『潭水』が捕まった。共和国では『屍』と恐れられた暗殺者。

尋問の末、彼が情報を吐いていたら、『灯』は白蜘蛛の計画を妨害するはずだ。

クラウスは爆弾の解除に取り掛かっていた。

白蜘蛛の宣伝通り、街のホテルのロビーに仕掛けられていた。

爆弾の型から見るに、さほど強力な爆弾ではない。夜間に炸裂しても、運悪く通りかかった人間を殺せる程度。その威力は善意によるものではないだろう。

無駄がない。最低限の人間しか殺さず、目的を遂行する。力に酔いしれ、大規模な殺戮を繰り返した『屍』と比較すると、より聡明さが鮮明になる。

落胆させてくれるな――そうクラウスは告げたが、実際は強がりも含まれている。

クラウスは爆弾の配線を断ち切った。

「わたしは一瞬見えただけですけど……キノコみたいな人でしたね」

そばで対しているリリィがぽつりと呟いた。

彼女には既に事情を語っている。

「あれが『蛇』の一員ですか。まさか先生から逃げられる人がいるなんて……」

「後で考えておこう」クラウスは頷いた。「まずは、アイツらと合流するか」

クラウスは港に向かい、ウェルタ＝バルト大尉の元を訪ねた。

拠点とされた倉庫の中で、彼は大量の無線機を前にして、細かく指示を部下に送っていた。顔には疲労が滲んでいるが、やり切ったような満足感に満ちていた。

「貴様の出る幕はないぞ」開口一番に告げてきた。「既に敵は葬った」

「ほう」

「かなりの強敵だった。貴様が出しゃばっていたら、殺されていたかもしれんな」

他の軍人も勝ち誇ったような笑みを浮かべ、クラウスを見つめている。

あえて残念そうに肩をすくめた。

「そうか。死体はどこにある？」

「海に追い込み、射殺した」

ウェルタはふんと鼻を鳴らした。

「貴様のアドバイスなど当てにならんな。海に追い込んだ方がずっと効率的だったぞ。死体は捜索中だが、直に引き上げられるだろう。確認まで待つか？」

「いや、沖に流されたかもしれない。ウェルタ、お見事だ」

クラウスは拍手を送った。

相手も悪い気はしなかったようだ。胸を張って、こちらの鼻を明かしてやったと言わんばかりに腕を組んでいる。

その機嫌を損ねないうちに、クラウスは尋ねた。

「時に、お前たちが射殺したスパイの特徴は？　パスポートの写真と同じ顔だったか？」

「いや、マスクをつけられて、顔は確認できなかったが」

やや口ごもり、ウェルタは言った。

「その髪色を見た奴はいる、蒼銀髪だ」

クラウスは頷いた。予想通りの答えに満足する。

リリィを連れて、忙しなく軍人が行き交う港から離れた。街の外れに向かう。ホテルも倉庫もなくなり、やがてバーがぽつりぽつりと並ぶ小さな路地に出る。

足元にあるのはマンホール。

噴水があるような観光地だ。水道の整備は行き届いている。上水道はもちろん、下水道

も。下水道は網のように街に張り巡らされ、海までに続いているはずだ。

狙い通りウェルタはクラウスのアドバイスに逆らい、スパイを海に誘導した。

クラウスはマンホールの蓋を開けた。

「あ、クラウスさん」ちょうど梯子を上る最中のモニカがいた。「おひさ」

全身を海水で濡らした少女が、小さく指を振った。

「……モニカちゃん、そこで何をやっているんです？」リリィが尋ねた。

「散歩？」

飄々とモニカが惚ける。

海水に浸かって、下水道を進む散歩があるなら聞かせてほしいものだが。

「――極上だ」

クラウスはただ褒めたたえた。


雨が降り始めた。

黒く分厚い雲がずっと浮いていたが、限界を迎えたらしい。冷たい雨が降り注ぐ。ありもしない遺体を捜す軍人も諦める頃だろう。帝国のスパイを射殺した報告が上になされる

はずだ。

散歩を続けるよ、とモニカが告げ、クラウスから離れようとした。軍人に回収される前に、自身の道具を取りに行く気なのだろう。

「あぁ、そうだ」別れ際、思い出したようにモニカが言った。

「なんだ？」

モニカは軽く肩を上下させた。

「事前に教えてほしかったな、あんな奴がチームにいるならさ。ボクの心配なんて杞憂じゃん。恥かいちゃったよ」

一方的に述べて、彼女は去っていった。

聡い彼女のことだ。既に何かを悟ったのかもしれない。

クラウスたちは彼女に指示されたホテルに向かう。雑多な飲食店や風俗店が並ぶ通りにある格安ホテルの一室だ。

部屋をノックすると、ティアの焦った声が届いた。

「モニカ、戻ってきたのっ？」

すぐに扉が開かれ、嬉しそうな顔のティアが現れた。直後、目を丸くする。

「せ、せ、先生っ？」

「こらあああああああああああぁっ！」

戸惑うティアと扉の隙間を縫うように、リリィが入室した。

彼女が全力疾走した先は、ベッドに腰をかける少女。

「エルナちゃんっ！」

「のっ？」突然リリィに飛び掛かれて、エルナは目を丸くする。

「ダメじゃないですかぁ！　無断で帰らないなんてぇ！　とっても心配したんですよ！」

なぜかエルナを集中攻撃する。

リリィはエルナを抱きかかえると、執拗に頬っぺたを触り始めた。悲鳴をあげて抵抗するエルナの両頬を引っ張り続ける。

ティアは気まずそうに目を伏せた。

「あ、あの、先生。実は連絡が取れないのは、深い理由があって――」

「ティア」

クラウスが先んじて制した。

「お前の行動が信念に従った結果なら、最後まで突き通せ」

「え……」

「お前たちが無事なら、それでいい。少し顔つきが引き締まったな」

一瞬、ティアはくしゃっと顔を歪めた。目に涙が滲み、口をもごもご動かす。

泣き出すのを堪えたようだ。

隠すように目じりを拭うと、ティアは舌をだした。

「先生、ごめんなさい。休暇が楽しすぎて、帰宅日を間違えていたわ」

「そうか。次からは報告を怠らぬように」

実際のところ、小言を一つ二つ告げたい気持ちもある。

危うい橋を渡ったことに間違いはないし、自分に相談をしていたら別の結末を導いたはずだ。より危険がない方法で、トラブルを処理していただろう。

しかし、バラバラだった四人が協力し、困難を達成したという成果に勝るものはない。

見なかったフリをするだけだ。

ベッドでは、まだリリィがエルナの頬をつまんでいた。

「こっらあああぁ！　何を遊び過ぎているんですかぁ！　エルナちゃん！」

「ひゃめるのおおおおっ！」

エルナの悲鳴が部屋に響いている。だから、なぜエルナを集中攻撃する。

ふと気づいた。

「アネットはどこにいる？」

部屋には、灰桃髪の少女がいなかった。

ティアが困ったように眉をひそめた。

「それが……どうしても一人にしてほしいって言って聞かなくて」

なるほどと頷いた。彼女が行く当ては想像がついた。

見届けているのだろう、闘いの結末を。

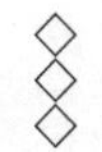

クラウスは、モニカの不安を察していた。

──『灯』のメンバーには冷酷さが足りていない。

彼女の懸念は的確だ。そして、的確であるがゆえに、当然クラウスもまた気づいている。

『灯』のメンバーを集めていた際、少女たちに欠けていた資質に。

スパイの世界は、甘さだけでは成り立たない。

──必要に迫られた時、どこまでも冷酷になれるスパイが欲しい。

何度も養成機関に足を運び、条件に当てはまる人員を捜した。

その少女と巡り会えたのは、僥倖という他ない。

クラウスがその少女について尋ねた時、養成機関の教官は「彼女を仲間に加えるのは絶対にやめた方がいい」と警告をした。「手に負えなくて、退学させる予定だ」とも。

コードネーム『忘我』。

記憶喪失の少女をそのまま表現した言葉――とは異なるらしい。

我を忘れる、という表現がある。

この表現は、世界各地にあるようだ。我を脇において、我を捨て去り、等と微妙な差異はあるが「夢中になること」「逆上すること」をそう喩えるのは世界共通らしい。

他の物事が視界に入らないほど没頭する状態――忘我。

実に奇妙な表現だ。忘我の人間が忘れているのは、むしろ自分以外の全てではないか。

自分以外の全てを忘れ、湧き起こる衝動こそを最優先する。

残るのは、俺様、という強固な自我。究極で純粋な自己中心主義者。

クラウスはその少女の招集を決めた。

降り始めた雨はますます勢いを増し、クラウスの傘を強く叩いた。

アネットは見晴らしのいい崖の上にいた。

ちょうどクラウスと白蜘蛛が争ったホテルに近い場所だ。港を一望できる。

アネットは雨に打たれながら双眼鏡を覗き込んでいる。クラウスが近づくと、双眼鏡ごとこちらに振り向き「クラウスの兄貴っ！」と声をあげ、「俺様、逃走しますっ」と背を向け、駆け出そうとした。

「捕まえた」クラウスはその肩を摑んだ。「アネット、鬼ごっこはお終いだ」

なぜかアネットは楽しそうに「俺様、とうとう捕まっちゃいましたっ」と笑う。

まるで子供の遊戯のようだった。

傘の半分に彼女を入れつつ、クラウスは港を眺めた。

陸軍は遺体の捜索を諦めたらしい。陸軍はスパイの殺害を確信して、引き上げていく。

発着場では、荷物の積み下ろしが始まっていた。騒動による遅れを取り戻すように、手際よく進めていく。

そして今、一つのコンテナがクレーンにより、吊り上げられようとしていた。

「コンテナを見ているのか」

「はいっ。俺様、観察していますっ」

アネットは双眼鏡で観察している。バードウォッチングをする子供のように。雨音に混じって鼻歌が聞こえてくる。彼女のオリジナルソングか。

クラウスもまた双眼鏡を持ち出して、ちょうど今クレーンで吊り上げられるコンテナを確認した。コンテナの側面には、識別の番号が記されている。『3—696』。その番号と港に運び込まれる荷物の資料を照合して、クラウスは全てを理解した。

「……僕が『灯』のメンバーを集める上で、一番迷ったのはお前だった」

アネットが顔から双眼鏡を外した。

「ん。俺様、もしかして邪魔ですかっ？」

いいや、と首を横に振る。

「お前一人だけが過酷な役割を担うかもしれない——それを案じた」

「俺様、何か過酷な役割を担いましたっけ？」

「…………」

自覚がないようだ。それが素晴らしいことか否かは、判断に困ってしまう。

「真相は察しているよ」

クラウスは言った。

「あのコンテナにいる女性の名前はなんていう？」

「マティルダさんですっ」

アネットは隠し立てをせず、全ての質問に答えてくれた。

少女たちとマティルダの出会い、レストランでの食事、彼女の窮状と救出、スパイの発覚、モニカとティアの対立、そして、逃走の幇助。

まるで素敵な思い出のように彼女は語った。

「どうだった？」クラウスは尋ねた。「お前にとって、この休暇は楽しかったか？」

「すっごく充実していましたっ」

アネットは小さく跳ねた。

「俺様、勉強になりました。最初はどうして姉貴たちが『お母さん』というのを気にするのか、分からなかったんです。ずっと納得がいかないままでしたっ。プールで出会った時も、レストランでの食事の時も、さっぱりだったんですっ」

「そうか。『お母さん』が分かるようになったか？」

「はいっ。俺様、また一つ賢くなりましたっ」

白い歯を見せる。

「時に怒って、時に褒めてくれて、色んなことも教えてくれて、そして、俺様の想いを応援してくれる人――それが、お母さんなんですっ。だから、お母さんが哀しい顔をしてい

ると、俺様も怒れてきちゃう。そんな存在ですっ！」

　意外に感じられた。

　彼女の声には、しみじみとした実感が込められていた。クラウスが知る彼女とは印象が少し異なる。この少女はもっと掴みどころがない発言を繰り返していた。

　この数日間で、彼女の心に微細な変化があったようだ。

　だが、一つ確認しなければならない。

「そのお母さんとは」クラウスは訝し気な視線を向けた。「マティルダのことか？」

「違います」

　アネットは言った。

「ティアの姉貴ですっ」

　続けて言った。

「あの女は不合格ですよ、」

　冷たく、切り捨てるような言い方。

　その瞳は、黒く澄んでいる。

　クラウスは指先に微かな痺れを感じ取った。一流のスパイでさえ持ちえない、鮮烈な悪意が伝わってくる。隣のあどけない少女が放っているとは思えない程に。

「……やはりお前はマティルダの本性を見抜いていたんだな」

彼女は、窃盗集団を五人惨殺している。

ティアたちは知らなかったようだが、マティルダは殺人を平気で犯す危険な敵だった。

「一体、いつの時点で気づいた？」

「あの女がスパイと発覚した翌日、俺様は見抜きましたっ。海辺で会った時、血の臭いがして、警察が走り回っていたんです」

「なるほどな」

「俺様、大激怒でしたっ」

アネットは頬を膨らませた。可愛く。

「突然しゃしゃり出てきて、気ぃ遣って工具箱を取り返してやったら、殺人をやらかす。ティアの姉貴の恩を仇で返すなんてありえねぇですっ」

「けれど、彼女を陸軍に引き渡す選択はしなかったんだな」

それが一番楽な方法だろう。実際、モニカは実行に移そうとしたはずだ。

アネットは首を横に振った。

「──俺様たちが取り戻した道具で、帝国のスパイが自国民を殺した」

「………」

「その事実が陸軍の野郎共に知られたら、『灯』の大スキャンダルですよねっ？」

正しい。

マティルダは、アネットの母親だ。自国民の諜報機関に勤める少女が、敵国のスパイの娘であり、彼女は道具を取り戻して支援し、結果犠牲者も生まれた。

犠牲が犯罪者のみとはいえ、悪意ある者が利用すれば、対外情報室は非難を浴びるだろう。陸軍内部にはスキャンダルを待ちわびる人間は山ほどいるのだ。

「……つまり、面倒な事態だった訳か」

クラウスは総括した。

「マティルダが陸軍に拘束されれば、弱味を握られる。タイムリミットは近い。だが、全てを解決できる僕は不在。なにより、お前は腸が煮えくり返っていた」

そして、この結果が導き出された。

「――だから、お前はマティルダの暗殺に踏み切った」

「大正解ですっ。さすが、クラウスの兄貴っ」

アネットは手を叩いた。

三つ目の闘い——良母を演じるマティルダと無垢な娘を演じるアネットの騙し合い。

その勝敗は明らかだった。

「逃亡させるフリをして、コンテナに閉じ込めたのか」

クラウスは改めてコンテナの番号を確認した。

やはりマティルダは逃亡に不向きなコンテナに閉じ込められている。

誰も気づかなかったのだろうか？

違うだろう。ティアはしっかり番号を確認したはずだ。

「……数字を書き換えたんだな。水に溶ける塗料で数字を書き換え、予定と違うコンテナに入れた。その後、塗料は雨で流され、正しい番号が現れた」

「凄い。連続正解ですっ」

アネットが再度、手を叩く。

当然だ。悪意がなければ、逃亡者をあの鉄の箱には逃がさない。空調もなければ、トイレもない密閉空間なのだ。一日もいれば、常人ならば気が狂いそうになる。

本来は十五時間の航海の計画だろう。ちょうどライラット王国行きの便がある。

しかし、アネットが導いたのはまったく別の船。

「あのコンテナは、別大陸まで向かう貨物船に乗る」

クラウスは呟いた。

「一応尋ねるが、脱出する余地は？」

「すぐに故障する脱出道具を渡しましたっ。不可能ですっ」

本来大量の貨物を運ぶための代物だ。人が閉じ込められることを想定していない。内部でどう貨物が崩れようと、絶対に扉は開かないよう作られている。

つまり――。

「最長十日間、マティルダは幽閉され――餓死する」

コンテナが別の港に着く頃には、糞尿に塗れた餓死遺体が出来上がる。

アネットは純真な笑みを見せる。

「俺様を怒らせた罰ですっ」

残忍だが、合理的な暗殺方法だ。陸軍にも仲間にも知られない。

なによりマティルダが完全に油断する。他の仲間は、心からの善意でマティルダをコンテナに逃がそうとしているのだから。戦闘さえ必要ない。

「だが、不十分じゃないか？」

クラウスはコメントした。

「異常に気付いたマティルダが、助けを求め、救われる可能性があるだろう。分厚い鉄の

牢獄ではあるが、声が外に届かない可能性もゼロではない」

「優しい俺様の慈悲ですっ。一パーセントだけ、生きる可能性を残してやりました」

アネットが明かした瞬間、それは訪れる。


――コンテナが爆発する。


クレーンに吊るされていたコンテナが突然、炎を噴き出した。

瞬く間に全体が火に包まれて、コンテナは炎の棺桶と化す。

「そして、たった今！　一パーセントも消し飛びましたっ！」

強い爆炎が生み出す光が、逆光となり、彼女の表情をかき消した。

コンテナ内にあったのは小麦粉か。闇夜に黒い煙が高く上っていく。

港の労働者たちは慌てて、コンテナを下げ始める。

そんな人々を見下ろし、アネットは頷いた。

「爆弾はマティルダ自身が用意したものです。仕掛けたのも起動したのも本人です」

彼女の特技は知っている。傷や汚れさえ再現する、完璧なコピー。

すり替えたのだろう。

彼女とアネットの両者が持っているもの――工具箱だろうか。港の逃走中、アネットはマティルダの工具箱に仕掛けられた爆弾に気が付き、その使い方も見抜いた。

――アネットに工具箱を差し出し、爆殺する。

それを彼女は逆手に取り、マティルダを自爆に追い込んだ。

「自滅なんて哀れな奴ですねっ」

アネットはつまらなそうに吐き捨てた。

「俺様の爆殺を考えなかったら、生きられたかもしれないのに」

彼女の言う通りだ。

マティルダが娘の殺害を放棄していれば、起こらなかった悲劇だ。

同情の余地はない。ないはずだが――。

「…………」

港では突然炎をあげたコンテナに、労働者が右往左往している。幸い、怪我人は出ていないようだ。いずれ彼らは見つけるだろう。コンテナ内で爆風を喰らった遺体を。密閉したコンテナはすぐに超高温に至る。遺体は特定が困難なほど損傷する。

もしティアがこの事実を知っていたら、どう感じるだろうか。

善意を利用して、母の暗殺を目論むアネットに、唖然とするに違いない。

だからこそ、仲間には明かさなかった。

目的を叶えるため、善人の笑顔で無知の者を利用する——邪悪の手法。

「………もしかして兄貴も」

アネットが視線を向けてきた。

「『存在が間違っている』って言うんですか？」

まるで心から漏れたような、唐突な質問だった。

「ん、どういう意味だ？　誰かに言われていたのか？」

「それはっ……ん？　あれ？　よく覚えていませんっ」

「お前まで忘れてどうする」

「ただ、俺様、よく言われていた気がするんですっ」

アネットは楽しそうに口にした。

「俺様がなにかする度に『お前は存在そのものが間違っている』って」

「………」

かつて告げた者がいるのだろう。

ウェルタも告げた。軍人の直感で、街に潜むアネットの悪意に反応した。『存在自体が間違っている圧倒的な悪だ』と。

アネットの過去にも、同じような言葉を吐いた人物がいるのかもしれない。
マティルダだろうか。あるいは養成機関の教官だろうか。
クラウスは首を横に振る。
（違うな。何も見えていない愚か者ばかりだ）
その否定を否定する。
一つの正解だ。手段こそ惨くとも、彼女は認められるべきだ。

アネットの判断がなければ——どうなっていた？
マティルダが自暴自棄の特攻を軍人に仕掛け、犠牲者が出ていたかもしれない。
軍人にくだらないスキャンダルを握られていたかもしれない。
優れた演技力を駆使する難敵・マティルダを取り逃がしていたかもしれない。
『灯』も、陸軍も、帝国のスパイまでも振り回し、冷酷な少女が導いた答え。
それは、自国にとって最高の結末だ。
「アネット、お前が宿す残酷さは、チームの誰とも違う武器だ。間違いのはずがない」

仮に間違いを定めるならば、それは世界だ。

この間違った世界で彼女は正しい選択をした。

「――極上だ。僕はお前を加入させた決断を誇りに思うよ」

善人一辺倒のチームは、容易く瓦解する。自分たちが生きるのは、砂糖とシロップだけで成る甘い世界ではない。時には、残忍にならねばならない時が来る。

ズレこそがチームを強くする。色んな仲間がいるからチームは強くなる。

不可欠なのだ。悪に打ち勝つ――邪悪が。

一点の曇りもない純粋な悪が必要となる瞬間が、いつか必ず訪れる。

『灯』の最終兵器――それが、クラウスがアネットに与えた役割なのだから。

「さすが兄貴っ。大好きですっ」

アネットは楽しそうにジャンプすると、クラウスの首に抱き着いてきた。

「飛びつくな」

「お断りですよっ」

命令するが、アネットが離れる様子は一向にない。

ぶらりとクラウスの首に垂れ下がっている。全身びしょ濡れなので、クラウスの服に水がしみこむ。

「兄貴には特別に明かしてやります——俺様の最後の秘密っ」

彼女はそのままの体勢で言った。

「俺様がマティルダさんを殺した、もう一つの理由です」

「……なんだ？」

「暴言を吐かれたんですっ。殺してもまだ俺様の怒りは収まりませんっ」

彼女はクラウスの身体をよじ登り、耳元で囁いた。

「『あの子は変わっていない』——あの女は、四年ぶりに会う俺様にそうほざいたんです」

その一言で、アネットは母の暗殺に踏み切った。

マティルダは予想もできなかったに違いない。彼女はアネットの逆鱗に触れてしまった。

どれほど良い母を演じようと意味がない。

我を忘れて、突き進む——暴走するアネットの殺意を止められない。

彼女が娘を籠絡できなかった要因。

アネットがティアに懐き、マティルダを憎悪した分岐点。

邪悪は、まるで天使のように純真な声で打ち明ける。

「俺様、身長が伸びないことが悩みなんです」

NEXT MISSION

「…………」

陽炎パレスのテラスで、ティアは物憂げな表情を浮かべていた。

アネット事変――マティルダの騒動をそう呼んでいた――から帰宅して、一日、どうしても気が晴れなかった。表面上は明るく振る舞っても、ふと一人になった時にもたげるのはマティルダの嘲笑する目つき。

劣等感に苛まれ続けた一か月だった。

自分より高みにいるスパイたちと会い、彼らの掌で踊り続けた気がする。

クラウス、屍、モニカ、マティルダ――。

彼らが立つステージに、自分はどれだけ近づけているのか。

選抜組の誇りは既にない。グレーテたちは、クラウス不在の状況で敵スパイを一人倒したという。それに比べて、自分は何を成し遂げたのか。

憧れの背中は遠い。遠すぎて、涙が出てきそうになる。

「浮(う)かない顔をしているな」

後ろから声をかけられた。

クラウスだった。両手にはマグカップ。淹(い)れたての紅茶を渡(わた)してくれる。

「ありがと……ちょっと憂鬱(ゆううつ)になっていただけよ」

「そうか。実は、僕もだ」

「え？　先生が？」

「驚(おどろ)くことないだろう。僕も人間だ。時には落ち込むことはある」

クラウスはティアの横に立った。

「たとえ任務を成功したとしても、何一つ瑕疵(かし)がないとは限らない。より良い選択(せんたく)があったのではないか、と悩むものだ」

「先生でも、そうなのね……」

クラウスは自身のマグカップに口をつける。必要以上に聞いてこないし、必要以上に語らない。彼もまた最近、何か悔(く)いを残しているのだろうか。

――例えば、仇敵(きゅうてき)を取り逃(に)がしたとか。

「…………」

気になるが、彼は黙(だま)って紅茶を飲み続けている。

別の質問にしておこう。

「ねぇ……この悔しさを取り払うためには、どうすればいいの？」

「その方法は……僕の答えよりも、僕のボスの答えを伝えておこうか」

「『紅炉』さん？」

「お前には、そっちの方がいいだろう」

クラウスは一気にマグカップを傾けた。

「次の任務を完璧に成功させる――それだけだ」

「さすが。素晴らしいわね」

彼にならい、ティアもまたマグカップを一気に傾け、紅茶を飲み干した。火傷寸前の熱い液体が、喉を通っていく。身体の内部に熱が生まれ、ふぅと息をつく。

「行こうか」クラウスは頷いた。「そろそろ全員、集まっているはずだ」

クラウスの後に続いて、ティアは広間に向かった。

広間では、既に全員の少女たちが集まり、歓談を弾ませていた。

一方で自分勝手に行動し始める者がいるが、それを押さえ込む者もいる。

モニカが眉をひそめて「……うるさいから自室に戻ろうかな」と席を外そうとするが、リリィが「へい、わたしの自慢話がまだ終わっていませんよ！」とモニカの腕を掴み、無

理やり解放しない。

弾む話に入れず、エルナが気まずそうな顔で離れようとするが、サラがそれに気づき「エルナ先輩、観光地はどうだったすか？」と人優しい笑みで話しかけ、エルナが「アネットにいじめられたのっ！」と訴える。

アネットが身体をむずむずとさせて「俺様、ホットミルクを飲みますっ」とキッチンに向かおうとするが、ジビアが「よっと……今は我慢しな」と持ち前の身体能力ですみやかに捕まえる。

「………………………」

その光景を見て、ティアは言葉がうまく出せなくなった。

「……どうされました？」グレーテが尋ねてきた。

「いえ、やっぱり全員揃うといいなって思っただけよ」

問題児がまとまっている奇跡を感じて、ティアは賛辞を送った。

クラウスは少女たちの正面に立って、頷いた。

「――極上だ」

まず、いつもの口癖で褒めたたえてきた。

「国内の任務、ご苦労だったな。国にとってもチームにとっても実りある成果をあげられ

た。これで『灯』は、次のフェーズに進める」

「次のフェーズ？」ジビアが尋ねる。

「生け捕りにした『屍』が情報を吐いた」

　クラウスが告げる。

「『蛇』の出現先が判明した。とうとう尻尾が見え始めた」


　おぉ、と驚嘆の声があがった。

　本来、暗殺任務であるところを生け捕りに変更した成果だった。『屍』ほどの実力者ならば、というクラウスの期待通りだろう。

　正体不明のスパイチーム『蛇』――『焔』を滅ぼした、謎多き集団。

　クラウスの因縁の敵であり、そして、少女たちが集う要因ともなった存在だ。

「で？」ジビアが挑発的な笑みをみせる。「次は誰を選抜するんだ？」

　その言葉に、広間に集う少女たちが息を呑んだ。

　メンバーは揃っている。

『夢語』のティア。特技は交渉。三秒見つめ合えば、他人の願望を読みとれる。
『愛娘』のグレーテ。特技は変装。自在に姿と声を変えられる。
『花園』のリリィ。特技は毒。本人は毒が効かない特異体質。
『百鬼』のジビア。特技は窃盗。気配を消し、あらゆるものを掠め取る。
『氷刃』のモニカ。特技は――秘匿中。それに頼らない、抜群の総合力。
『草原』のサラ。特技は調教。鷹と犬を中心に、多くの動物を操れる。
『忘我』のアネット。特技は工作。既存の物を完全にコピーした武器を作り上げる。
『愚人』のエルナ。特技は事故。不幸の予兆を読み、ターゲット共々不幸に嵌める。
度重なる訓練と、国内任務でその実力を伸ばした少女たちに、クラウスは告げた。

「全員だ――ここにいる九人で『蛇』の正体を掴もう」

少女たちが歓声をあげ、ガッツポーズをする。
作戦が伝えられた。
今回は、外国への潜入任務。その行き先は、少女たちが未踏の地でもあった。
別大陸――ムザイア合衆国。

世界大戦に参加せず、戦地に物資を供給し続けて、急成長を遂げた大国だ。いまや政治も経済もこの国が牽引する。ディン共和国とは比べ物にならない、世界一の経済大国。

最大規模の任務の予感に、不安と期待が渦巻いた。

「ティア」そしてクラウスが告げた。「現場では、お前が指揮を執れ」

「え……」ティアは目を丸くする。

「今のお前ならできるはずだ。グレーテに立案をさせ、他のメンバーに指示を送れ」

「ちょ、ちょっと待って。先生はどうするの？」

指揮は、これまでクラウスの役割だ。

ボスとして彼が後方に立ち、少女たちを動かすのが『灯』の基本だ。

「決まっているだろう？　今のお前たちならば、僕の負担を背負うことができる。それだけ僕は自由に動ける。より僕に適したポジションで」

クラウスは明かした。

「最前線に僕が立つ」

その言葉に、少女たちの心は震えた。期待と歓喜が入り混じった感動だ。

人外じみた直感と、師匠譲りの無敵の格闘術。

宿敵『蛇』との闘いで、クラウスの本領が発揮されようとしていた。

あとがき

3巻のあとがきで語る内容ではないですが、2巻執筆時のことを語らせてください。

1巻発売時、公式ホームページで人気投票が行われました。ちょっと不幸な金髪の子を除いた7名のヒロインのうち、人気1位に輝いた少女を2巻の表紙にするという企画です。2巻のメインがグレーテだから成り立つ企画でもありました。

しかし、懸念もありました。それは1巻発売直前、編集さんから伝えられました。

「竹町さん。もし2巻で登場しない子が、1位になったらどうしましょう?」

さすがの着眼点です。既に2巻の原稿は粗方、書き上げています。仮にティアやモニカが1位になった場合、表紙の子が物語に登場しない、よく分からない事態になります。

だが、わたしには考えがありました。

「安心してください！ その時は、すぐ2巻の原稿を修正してみせますよ！」

余談ですが、デビュー直前の作家の8割は謎の全能感を抱きます。(多分)

無根拠の自信を表明し、1巻発売後——編集さんから電話がありました。

「1位は、アネットになりました。予定通り、2巻の原稿修正、お願いできますか？」

「え……？」

すごい。1巻では描写が少なかったので、難しいかな、と思っていたキャラが、楠木ともり様の声やトマリ先生のキャラデザに後押しされ、なんと1位に。本当にすごい。

わたしは感動の気持ちと共に、声を震わせました。

「ごめんなさい。この子が活躍したら、2巻がぶっ壊れます……この子だけは無理です」

相手は「何言ってんの、コイツ」と思われたでしょう。本当にすみませんでした。

という訳で、彼女は瞬く間にわたしの手から離れたキャラです。わたしの事情など「俺様、知ったこっちゃありませんっ」と一笑に付し、わたしの全能感を打ちのめしました。

もはや誰もコントロールできない――それも彼女の魅力のように思います。

この結果を生み出していただいたトマリ先生、そして、企画を盛り上げてくれた声優様に改めてお礼を申し上げます。なにより、投票していただいた読者様にも感謝を。

最後は次巻の予告です。お待たせしました――とうとう『灯』全員集合です。

成長した少女が集結し、強敵に立ち向かう。ここまでのシリーズの集大成。『スパイ教室』ファーストシーズンの終幕に相応しい4巻――となるよう頑張ります。では、では。

竹町

お便りはこちらまで

〒一〇二―八一七七
ファンタジア文庫編集部気付
竹町（様）宛
トマリ（様）宛

スパイ教室03

《忘我》のアネット

令和2年8月20日　初版発行
令和4年12月10日　14版発行

著者――竹町

発行者――山下直久
発　行――株式会社KADOKAWA
〒102-8177
東京都千代田区富士見2-13-3
0570-002-301（ナビダイヤル）
印刷所――株式会社KADOKAWA
製本所――株式会社KADOKAWA

ISBN978-4-04-073740-9 C0193 ◆◇◇

WEBで圧倒的人気の剣戟無双ファンタジー!
その剣（つるぎ）

STORY

周囲から『落第剣士』と蔑まれる少年アレン。彼はある日、剣術学院退学を賭けて同級生の天才剣士と決闘することになってしまう。勝ち目のない戦いに絶望する中、偶然アレンが手にしたのは『一億年ボタン』。それは「押せば一億年間、時の世界へ囚われる」呪われたボタンだった!? しかし、それを逆手に取った彼は一億年ボタンを連打し、十数億年もの修業の果て、極限の剣技を身に付けていき――。最強の力を手にした落第剣士は今、世界へその名を轟かせる!

十数億年の重み

ファンタジア文庫

この少年
すべてが
天上優夜
異世界でレベルアップした結果、最強の身体能力を手に入れた少年
シリーズ好評発売中！

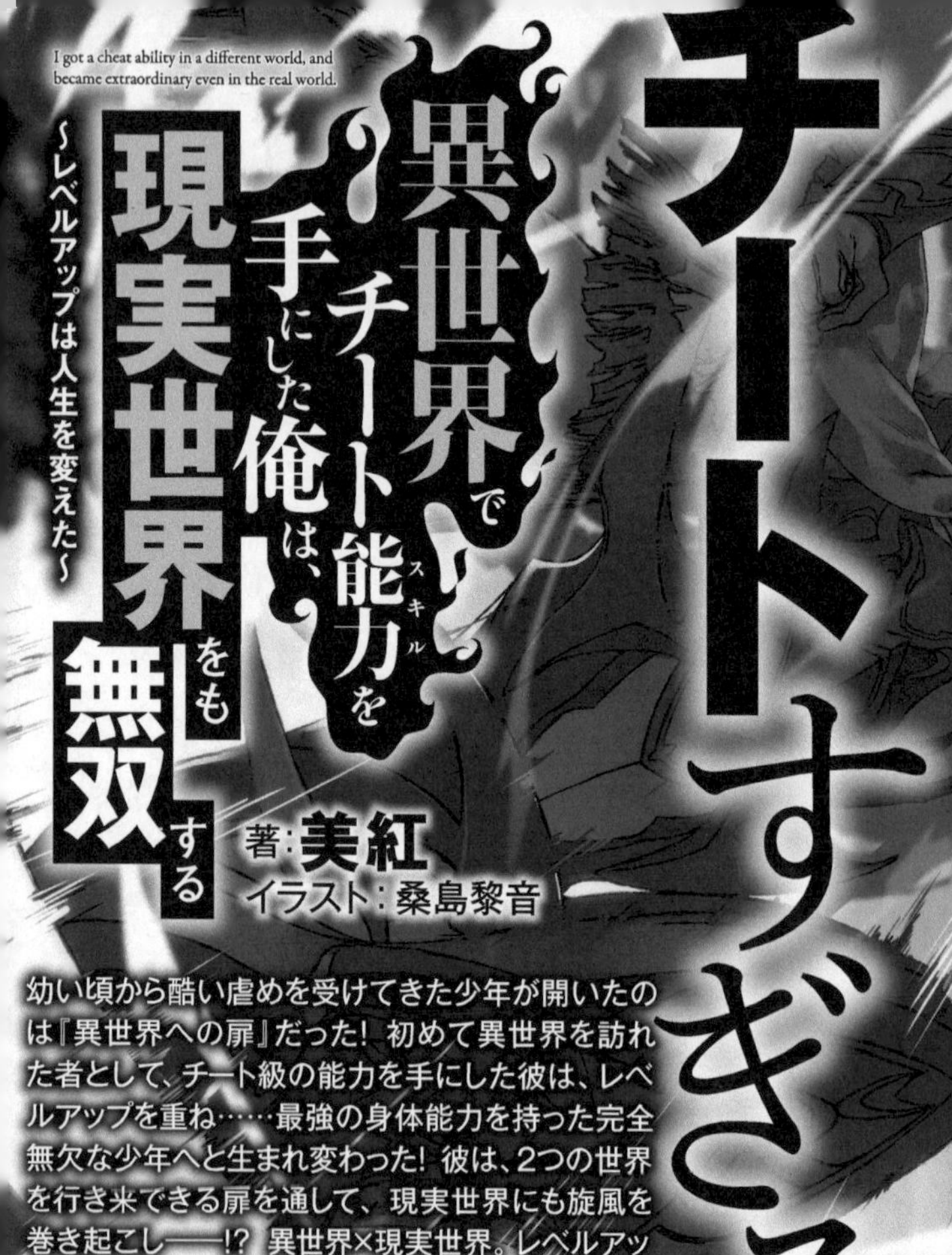

I got a cheat ability in a different world, and became extraordinary even in the real world.
異世界でチート能力（スキル）を手にした俺は、現実世界をも無双する
～レベルアップは人生を変えた～
チートすぎる
著：美紅
イラスト：桑島黎音

幼い頃から酷い虐めを受けてきた少年が開いたのは『異世界への扉』だった！ 初めて異世界を訪れた者として、チート級の能力を手にした彼は、レベルアップを重ね……最強の身体能力を持った完全無欠な少年へと生まれ変わった！ 彼は、2つの世界を行き来できる扉を通して、現実世界にも旋風を巻き起こし――!? 異世界×現実世界。レベルアップした少年は2つの世界を無双する！

ファンタジア文庫

アード

元・最強の《魔王》さま。その強さ故に孤独となってしまった。只の村人に転生し、友だちを求めることになるのだが……？

ジニー

いじめられっ子のサキュバス。救世主のように助けてくれたアードのことを慕い、彼のハーレムを作ると宣言して!?

イリーナ

正義感あふれるエルフの少女（ちょっと負けず嫌い）。友達一号のアードを、いつも子犬のように追いかけている

神話に名を刻む史上最強の大魔王、ヴァルヴァトス。
王としての人生をやり尽くした彼は、平凡な人生に憧れ、数千年後、村人・アードへと転生するのだが……
魔法の力が劣化した現代では、手加減しても、アードは規格外極まる存在で!?　噂は広まり、嫁にしてほしいと言い寄ってくる女、次代の王へと担ぎ上げようとする王族、果ては命を狙う元配下が学園に押し掛けてくるのだが、
そんな連中を一蹴し、大魔王は己の道を邁進する……!

ファンタジア文庫
すべてを
蹂躙(じゅうりん)する。
史上最強の大魔王、村人Aに転生する
The Greatest Maou Is Reborned To Get Friends
下等妙人
イラスト／水野早桜
シリーズ好評発売中!

この少年、神々の子につき

羽田遼亮

ill fame

神々に育てられしもの、最強となる

A boy raised by gods will be the strongest.

神々の住む山——テーブル・マウンテン。

その麓に捨てられた赤ん坊は、神々に拾われ、ウィルと名付けられるが……。

「この子には剣の才能がある、無双の剣士にしよう」

「いいえ、この子は優しい子、最高の治癒師にしましょう」

「いや、この子は天才じゃ、究極の魔術師にしよう」

剣の神、治癒の神、魔術の神による英才教育を受け、神々をも驚愕させる超スキルを修得していくウィル。

そんなある日、テーブル・マウンテンに、ひとりの巫女がやって来て……。

すべてが規格外な少年・ウィルの世界を変える旅が始まる！

すべてが規格外
ウィル
神々の暮らす山の麓に捨てられ、
剣の神、治癒の神、魔術の神に
育てられた少年
ファンタジア文庫
シリーズ好評発売中!

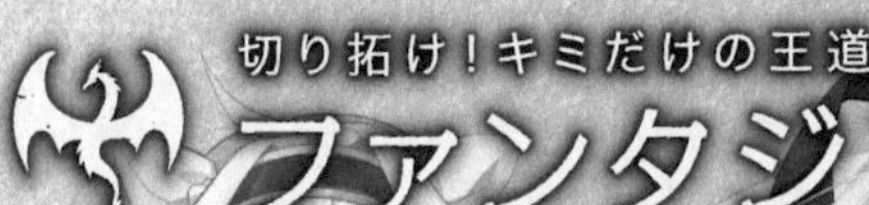
切り拓け！キミだけの王道
ファンタジア大賞

少女

愚人
code name

百鬼
code name

草原
code name

休息中